U0001922

戈麥高地記憶的眼睛

Gombe Heights: Eyes of Memories

柴春芽

|

撰文 / 攝影

獻給

才旺瑙乳，帶我走進西藏的朋友

面對承受節日、鮮花與口號的

肥羊般的心臟　我的牧歌徒有

行進間的沉默

或者是草地上的莊園

與騎牛的王族依江而望。

節選自高曉濤自印詩集《聾子的耳朵》

(北京 2002 年 SUB JAM 鐵托出品) 之〈走出廣場的牧歌〉。

目錄

第一章

被侵蝕的
農牧之馬

2005 年 9 月 1 日晴

　一個五六歲的小女孩，她叫根秋青措，從山坡的石階上奔奔跳跳地跑下來。她的羊角辮在肩膀上像兩條泥鰍，活奔亂跳。喜饒多吉說，根秋青措誕生在戈麥高地，兩歲時到德格縣城來治病，住在喜饒多吉家，病癒之後，她拒絕再回戈麥高地，於是，喜饒多吉一家就收養了她。現在，她的身上已經找不到任何有關草原的痕跡。

　阿媽雍措拿了一根牛皮繩從山坡上的藏式木樓裡走出來。

　公路邊的麵包車裡有我的旅行包，一大袋

書籍，還有北京的 X 募捐的一批衣物和文具。我背著行李和阿媽一起爬上石階，走進大門，再攀緣木梯來到木樓當中。

光線顯然不足。過道裡堆滿雜物。木頭地板發出陳年腐朽的「咯吱」聲。向左，是一間寬闊的屋子，我佝身穿過小木門，來到閣樓的房間裡。這是客廳，兼做廚房，靠牆角的碗櫥上，一溜大大小小的鋁壺和鐵盆擦得鋥亮，擺放整齊。向陽的方向，又一個小木門，通向外面寬闊的陽臺。站在陽臺上，可以瞭望對面的山巒和山巒下茂密的灌木林，以及灌木林下金碧輝煌的更慶寺和印經院。色曲河在樓下疾疾奔流，發出聲勢洪大的吼叫。

阿爸丹珠安靜地坐在窗下。從窗外進來的光線打在他臉上，這使他那張稜角分明、俊美優雅的臉龐一般黑暗，一般光明。這是一張典型的康巴老人的臉，祥和，尊貴，鼻樑挺直，雙眼大而明亮，皮膚黝黑卻佈滿光澤。

阿媽雍措，開始在廚房裡操勞，為我端來酥油茶。根秋清措依偎在阿爸丹珠身旁，用一雙調皮的大眼睛將我打量。

這是黃昏，窗外歸巢的鳥雀唧唧喳喳地掠過樹梢，絳色天空的反光射進木樓，令這木樓中走動的每一個人渾身籠罩一層金色的光芒。神秘的幻境，令我如此著迷。

阿姐志瑪也回來了。這是一位年過三十的未婚女子，眼神裡總是透露著憂鬱。

晚飯後，我便早早安睡。臥室在另一邊，進門木梯的右面，窄窄的木床靠著木製的窗戶，窗戶紙抵擋不住色曲河的水聲。我就這樣枕著河聲入眠。

2005 年 9 月 3 日

下午的大法會在色曲河邊的草地上舉行。

八十多歲的嘎拉法王主持法會。他坐在法座上，顯得那麼蒼老、虛弱，卻又莊嚴肅穆。法座下的眾喇嘛齊聲誦經。人群湧入嘎拉法王的帳篷。跪倒在地的人們，一臉宗教的熱誠和迷狂。他們擁擠著，爬到法王腳下。嘎拉法王顫巍巍舉起右手，為人們摩頂。

法會將持續兩天。第二天，僧侶們穿起戲裝，唱起了藏戲。身著華服的人們圍坐在四周。小孩們在追逐嬉戲。冗長枯燥的藏戲，節奏極其緩慢。幾個背包客在人群中拍照。被藏戲吸引而來的外國人，饒有興致地觀看藏戲。兩個穿著藏式裙子的美國中年婦女吸引了我的注意。一個白種女人，一個印第安女人。她們的衣著表明，某種盲目崇拜西藏的情結，就像一種能夠傳染的疾病，正在到處流行。

黃昏，晚霞照耀大地。也許是受到菩薩的

祝福，這黃昏才變得如此美好。藏戲已畢，百名僧侶身穿法衣，舉起幡幢，排成整齊的佇列，塞滿了街衢。他們向著薩迦巴寺院——更慶寺——緩緩移動。

我在圍觀的人群中拍照。一個身材矮胖的中年男子朝我走來。我不知道他為什麼要在人群中找到我，跟我搭訕。這真是莫名其妙的邂逅。

「我是嘎拉法王的朋友，可以帶你去見他，」他說。

我將信將疑，但還是決定跟隨他去見嘎拉法王。這麼多年來，我一直在尋找自己的根本上師，可我見到的「活佛」大都令我失望。跟

隨那個矮胖的男子，繞過印經院，從一群轉經人中穿過去，走在窄窄的長巷中。寂靜的巷子，偶有聲音，卻不見人。推開 73 號門，小小的院落敞開著，迎接每一個來訪的客人。走進黑暗的走廊，矮胖男人的身體被虛無之暗所吞沒，緊接著是我，同樣被虛無之暗所吞沒。陡峭的木梯，從更其黑暗的高處落下來。攀緣而上，右邊是一間寬敞的客廳，木桌上擺滿了水果、糖和油炸食品。嘎拉法王的侄女以一種見慣來客的淡漠神情招呼我們。不失藏人的慣例，她為我們端上了酥油茶。

矮胖男人開始自我介紹，用一口四川話。

「我是四川綿陽一座寺廟的法師，這次來德格是為了催逼縣文教局的領導，儘快完成一所中學的建造。我發動居士捐款，錢已經到了，交給了文教局，可是學校卻遲遲不見完工。」

喝完酥油茶，他把我帶進嘎拉法王的經堂。主持大法會的嘎拉法王還沒有回來。矮胖男人說他法號叫「守明」，晚上就睡在法王的經堂裡。他炫耀說：「法王的經堂可不是隨便讓人睡的。」我聽出這是一種虛榮的表現。我問他：「既然你是法師，可為什麼不穿袈裟呢？」

「我這是為了辦事方便。我可是真正考取了佛學院法師資格的人，不像別人，對外宣稱自己是法師，其實他根本就沒有法師資格。」

我不再搭理他，而是觀察起嘎拉法王經堂的佈置。光華燦爛的佛龕，四周的牆上掛滿唐卡，床頭的書櫃裡堆滿佛經。守明法師嘮叨著他跟一個老闆居士的故事，說他如何開導那個心情煩惱的百萬富翁走出陰影，熱愛家庭，過上了樂善好施的慈善生活。我一直不明白他在人群中找出我並把我帶到法王家的真實用意。

不久，法王回來了。他被侍者攙扶著，走進經堂，氣喘吁吁地坐在床上。他不懂漢語，這使我們的交流顯得非常困難。我看著他疲憊不堪的樣子，就對守明法師說：「我要走了，法王應該休息。」守明法師要留下我的聯繫方式。我說我是一個流浪漢，沒有固定的聯

繫方式。於是他在我的筆記本上寫下他的手機號——一個我永遠也不會撥打的電話號碼。

　　夜幕籠罩大地，靜謐的巷子因為那偶然傳來的跫音而顯得格外詭譎。

　　回到喜饒多吉的家。燈光下，圍坐著一群面孔黝黑、肌肉發達的男人，一看就知道是從遙遠草原上來的牧民，骯髒、憨厚、老實，顯得有些拘謹，有些粗笨。我知道我喜歡他們。喜饒多吉說，他們是來接我的戈麥高地上的牧人。我一一打量他們的面孔，思緒早已飛向戈麥，那片未知的草原。

　　啊，戈麥，戈麥，人類詩意棲居之地，讓我重返赤子嬰兒的狀態，讓我的靈魂安頓下來。

2005 年 9 月 5 日　晴

　　人是多麼喜歡耽於夢想啊！但是，現實是個石頭，夢想總會被這石頭砸爛。

　　從德格出發的那一天，一切都超乎想像。

　　清晨，更多的人還在沉睡。四郎瑙乳敲響了駐馬店的木門。睡眼惺忪的老闆娘慵懶地應了一聲。木門打開了。六匹高原矮種馬出現在眼前。馬的身後，一個木牌上用藏漢兩種文字寫著：「禁止馬匹入城，違者罰款 20—50 元。」

　　清冷的風吹得我像一莖青草，瑟瑟發抖。

　　四郎瑙乳為馬匹轎上鞍韉。沉重的皮製馬

搭駄在馬背上。馬褡裡裝著我的書籍、被褥和生活用品。那些書我從廣州的家裡帶到成都，再加上我在成都採購的生活用品，還有我在德格縣城購置的被褥，沉重將近三十公斤。兩匹馬駄著那些東西。

出駐馬店向右，一條從山谷深處沿著一條小溪延伸而來的小徑，是我們通往戈麥高地的路。小徑兩邊，錯落著幾戶人家。他們或者是縣城的弱勢群體，或者是從牧場上遷移而來的牧民。

前一天到德格縣城來接我的村長四郎瑠乳、札多老爹、美青年格佩、阿登和小翻譯根秋澤仁，還有趕回戈麥奔喪的服裝小販沖翁三郎，我們一行七人，牽馬上山。

山谷裡的陰影逐漸退去了。我們暴露在燦爛的陽光裡。高原的陽光從不溫柔，像鞭子，抽打著我這個從廣州來的漢族男人的臉。我的皮膚燒灼般滾燙。從高入雲端的山峰垂掛下來的小路不僅陡峭、狹窄，而且佈滿石塊和沙礫。

四郎瑠乳說：「上馬！」

除了小翻譯根秋澤仁，其他人紛紛上馬。他扶助我。我一腳踩在馬鐙上，一腳高高揚起，這才艱難地騎上馬背。馬的兩肋上懸掛著鼓鼓囊囊的馬褡，這使我很難踩穩馬鐙，而馬鞍上搭著被褥，這又使我的臀部很難坐實在馬鞍上。因為馬以及馬背上的貨物，使得人的高度增加了不少。萬仞懸崖就在眼下。我的心一陣陣收緊。一隻鷹飛過，我竟然看到鷹的脊背上羽毛閃爍的磷光。

從此，就沒再出現過坦途。偶爾會有一片水草豐美的草甸，卻又陡得出奇。經驗豐富的馬兒用「S」形的走法，負載著人和貨物，攀緣而上。

就這樣艱難攀緣，走上大約一個多小時，我們便席地而坐。馬褡卸下馬背，讓馬兒去吃草。我們側臥在草地上，吃著風乾肉，喝著青稞酒。

翻上第一個山頭的時候，遇見牧場上放牛

的卓瑪和她的祖父。卓瑪二十歲左右，穿著傳統的黑色藏裙和帶碎花的藍色襯衣，用一串綠松石、瑪瑙和紅珊瑚將百十根細細的辮子盤在頭頂。起身上路的時候，我才發現卓瑪也是徒步。這樣一來，她和小翻譯根秋澤仁就成了伴兒。

經過夏嘎神山時，小路變成一條纏繞著山峰的細帶子，彎彎曲曲，右邊是更高更陡的山峰，左邊是深及千米的溝壑。我一直擔心，萬一馬失前蹄，人就會摔落下去。對於長年走在這條山路上的康巴牧民來說，騎馬小跑，也毫無恐懼。小翻譯根秋澤仁甚至抓住札多老爹的腰，騎跨在札多老爹的身後。他們兩人合騎一匹馬，而那匹黃驃馬還馱著五六十斤重的馬褡。

經過念冬神山的埡口，我們又一次野餐。四郎瑙乳說：「再有兩個多小時，我們就能到家。」事實上，接下來兩個多小時的行走，連羊腸小徑也沒有了。在傾斜的山坡上，我不得不下馬，因為我實在太緊張了。

終於，六、七個石頭和木頭建築的小屋出現在眼底。那些小屋相距甚遠，以致你看見的只有小屋的孤獨。在如此龐大的群山之下，那些小屋顯得渺小而無助。

2005 年 9 月 6 日 晴

從那無路的山坡上牽馬下來，沖翁三郎騎馬向另一個山頭馳去。那裡坐落著他的家。

小翻譯根秋澤仁告訴我，大概是十五年前，昌都一位名叫阿貢智格的轉世喇嘛資助了六十八名兒童在德格學習藏醫，十三歲的沖翁三郎就是其中之一。後來，阿貢智格仁波切去了印度。如今，七十多歲的阿貢智格仁波切又資助了六十多名兒童在德格中學就讀。

沖翁三郎藏醫學成之後，在一個地理位置極其偏遠的鄉鎮衛生院上班。但是很快，他就放棄了這份工作，因為工資太少。他有一個做生意的哥哥，不再願意回到戈麥高地。他有一個姐姐，拋棄了未婚先孕生下的女兒清明湛瑪，跟隨一個商人去了城市。他還有一個妹妹，名叫甘秋絨姆，幫助父母放牧二十多頭犛牛。

我和四郎瑙乳騎馬，順著一條青稞地邊的小路，上了山崗。戈麥小學就在那山崗上。

早有牧民守候在校門外的平地上。他們臉龐黝黑，帶著笑容，這使得他們的牙齒顯得很白。

低頭進門，三十三個孩子夾道歡迎。三十三條哈達獻上，堆滿我的脖頸。三十三張又黑又髒又羞澀的臉龐一一閃現。

我心中突然有種莫名的感動。

他們將是我的學生。

隱約之間，我仿佛看見了童年的自己。

2005 年 9 月 7 日 晴

　我的宿舍還沒有收拾好。

　凌亂的房子。這是一個由五間小木屋連在一起的建築，其中兩間用作教室，一間是大班，一間是小班。我的宿舍得從一個木門進去。一進門，是一間四十多平米（約 13 坪）的會議室，牆上貼著馬克思、恩格斯、史達林和毛澤東的畫像，正面牆上用藏漢兩種文字寫著「保持共產黨員先進性教育」。你會覺得自己被某種看不見的力量一下子拉扯進遙遠而詭異的年代。門的左邊，連著堆積牛糞和木柴的儲物室，同

時也做廚房。被煙燻黑的灶臺上方開著天窗。一縷陽光從天窗上漏落下來，照得那灶台黑得發亮。會議室的盡頭連著一個附有小門的房子，大約二十平米（約有七坪），那就是我的宿舍。

四郎瑙乳的妻子札西雍措在這個廚房裡為我做了晚餐。飯畢，我跟隨四郎瑙乳到了他家。在去戈麥高地的路上，小翻譯根秋澤仁對我說：「村長家很富有，他家的房子也最漂亮。」其實不然。和其他牧民的家裡一樣，村長家的客廳和廚房連在一切。無數的鐵鍋、盆子、碗和鐵勺，擦得鋥亮，整整齊齊、密密麻麻地掛在靠牆的木架上。

在氆氇上坐下，喝了兩碗酥油茶。

我實在累得不行。走了七個多小時山路，現在腰酸腿疼。用熱水泡了腳，我就說想要睡覺。村長四郎瑙乳將我帶到另外一間房子。進門靠牆整齊堆疊著十多條乾淨的棉被和羊毛毯。他給我取下兩條棉被。我倒頭便睡，卻怎麼也睡不著。

頭頂上，一扇窗戶透進傍晚的藍色天光。

好不容易睡著了，卻被一陣女人的喘息和呻吟驚醒。我這才發現，我睡覺的房子與村長和他妻子睡覺的房間，有一道小門連著，門上只有一張布簾。此時，他們正在做愛。

我所拍攝的很多照片裡都有馬的身影,因為戈麥高地上的人們在最為日常的生活中,都不能允許馬的缺失。馬幾乎負擔著一切。這裡的馬屬於蒙古矮種馬,四肢短粗,脖頸強壯有力。高峻的山地給牠們造就了非凡的耐力而不是速度。在戈麥高地,速度意味著死亡。從石

頭上開鑿的山路極其陡峭。如果從馬背上摔落，迎接你的就是懸崖或者深淵。時常有盤旋的禿鷲、忽上忽下的紅嘴烏鴉群和迅疾掠過的鷹隼，隱現在你腳下的霧靄裡。有時候你會禁不住想要跳下懸崖，騎在飛禽的翅膀上，就像你在乘坐飛機靠近舷窗時，看到那棉花團一樣的白雲總是抑制不住想要跳進雲朵裡的渴望一樣。

我曾體驗過這種瀕臨死亡的感覺。那是冬天，牧民全都搬離夏季牧場，回到村莊。一個星期天的上午，曾佩、美青年格佩、小翻譯根秋澤仁和剛剛退伍的高大英俊的炮兵中士朵登，還有我，我們一起騎馬去牧場給一戶牧民蓋房子。我好像在什麼地方說過，從村莊到牧場，徒步需要三個多小時，騎馬的話，其實也快不了多少，因為山路崎嶇、坎坷、狹窄、陡峭，而且還佈滿小石子，好多路段（我指的是在緊靠岩崖的地方鑿出的其陡無比的小路）不得不從馬背上下來，牽馬攀爬。一般情況下，騎馬是為了解除徒步的辛勞，而不是為了節省

時間，以便儘快到達。時間概念在戈麥高地上是缺失的。有時候你會覺得自己生活在一個時間消失了的宇宙的邊緣地帶。然而，就是在這樣的路上，他們決定賽馬，以顯示自己的勇氣和騎術。這是青春期的孩子們用另外一種方式好勇鬥狠，就像生活在縣城裡的藏族青年用刀子和拳頭來好勇鬥狠一樣，都是為了消解內心的困乏和智識的貧瘠。

為了省去備鞍和卸鞍的麻煩，他們在出發前只在馬背上鋪了一條羊毛氈。當然，為了我的安全，我用了騎乘的馬鞍。但這給我造成一種隱約的羞辱。我曾試著不用馬鞍騎馬，卻沒有成功。這一挫敗，讓我深深地體會到人是隨著年齡的增長而逐漸變得越來越懦弱的，因為在我還是個十二歲的少年時，我就跟這些藏族青年一樣，騎跨在我家那匹棗紅馬光溜溜的脊背上，兩手抓緊馬鬃，在村莊和泉水之間那條堅硬的沙礫路上狂奔。我必須克服這種被年齡和經驗培育而成的懦弱，以便學會平靜地面對

死亡。我們之所以懦弱，是因為懼怕死亡。於是，我欣然加入賽馬的行列。起先，在一塊收割過青稞的稍微平坦的空地上，我們拽動馬勒，將馬並成一排，然後齊聲吆喝，一、二、三……馬衝了出去，開始搶奪空地盡頭那唯一一條通向牧場的小路。

我騎著一匹黑色小馬。它躁動，但體弱，很快就落在別的馬後。然後，我們在那下臨懸崖的小路上奔跑，尤其是在下坡時，由於馬的前腿較短，所以馬跑起來也很艱難，而人在馬背上面對馬頭前那傾斜的小路，會有一陣陣地暈眩，而且心會時時收緊。最後，我們騎馬衝出小路，在一個遍佈石頭的山坡上奔跑。突然，我的小黑馬四蹄陷入亂石。牠的身體劇烈搖擺，幾近跌倒，快要將我摔離馬鞍。有那麼一瞬間，帶著擁抱死神的欣慰，我預感到自己要麼會被石頭撞死，要麼就會摔斷骨骼。

2005 年 9 月 8 日 晴

　　小翻譯根秋澤仁第一次出現在我面前，是在德格的朋友喜饒多吉家裡。他的穿著打扮就像一個小城市的叛逆少年，寬大的工裝褲，紅色運動 T 恤，當然，都是產自南方村鎮小作坊的仿冒品。

　　小翻譯根秋澤仁小學畢業後，曾在德格寄宿學校讀書，後被美國一個基督教的教會學校選入，到昆明讀書。在教會學校，他學會了漢語，也能說幾句簡單的英語。在戈麥，他是唯一能夠進行藏漢翻譯的人，別看他才十六歲。貪玩和不服管教的惡習，令他連連觸犯教會學校的校規。兩年之後，他被勒令退學。小翻譯根秋澤仁重回戈麥高地。德格和昆明的城市生活開闊了他的眼界，這使他看上去完全不像一個牧民的孩子，而是更像一個小縣城的紈絝子弟。

　　沒有小翻譯根秋澤仁，我的生活難以想像，在整個戈麥高地，沒有幾個人會說漢語，甚至包括民辦老師三郎多吉。

　　三郎多吉十二歲的時候開始上小學。當時，只有一位民辦老師。過了幾年，那位民辦老師死了，三郎多吉接替了這位啟蒙老師的位置。從 1983 年到 1990 年，他每月的工資是 57 元，1990 年到 1996 年，每月工資調到 80 元，1996 年到現在，他的月工資是 150 元。他有三個孩子，大兒子朵登去當兵了，很快將退伍回家，女兒在戈麥高地放牧，小兒子在德格寄宿學校讀書。他的妻子札西丹措有病，總是噁心和嘔吐，無法放牧。最近，他在送小兒子去德格上學的時候，順便帶著妻子去醫院看病。為了付醫藥費，他賣掉了兩頭犛牛，而他家總共才有九頭犛牛。

2005 年 9 月 9 日 晴

　　出了小木屋，向南五百米，有一眼清泉，泉水甘甜。我經常借了鄰居家的水桶去挑水。

　　小木屋上面的山坡上，住著一家人，是我最近的鄰居，男人叫丹珠，女人叫茨娜。一對快活的年輕夫婦。他們的兒子正在咿呀學語。那是個骯髒而健康的孩子，屁股後面掛著一塊羊皮，在地上翻來滾去，高原上的太陽曬得孩子像一塊黑炭。有時候，丹珠用一條布把孩子捆在背上，騎馬去牧場，或者在地裡挖馬鈴薯。不管是在平坦的馬鈴薯地裡，還是在賓士的馬背上，孩子從來都處亂不驚，嘴裡一刻不停地咿呀學語，雙手伸向空中，像個魔法師在抓取什麼神奇的寶貝。

　　他們家那隻醜陋的雜種狗，有著嘹亮的嗓子，當陌生人走近時，便會發狂似的吠叫，讓人不得不驚訝那小小身體裡發動機一樣的活力。還有一隻老狗，從牠那龐大的身軀不難看

出牠的血管裡流淌著獒的血液。這隻體能退化卻依舊保持高貴氣質的狗，不聲不響，蹲在門口，只在關鍵時刻，發出一聲沉悶的吼叫。這聲吼叫有著不容置疑的權威，令人生畏。

我初到草原的時候，他們寡居的阿媽黛茜在縣城的女兒家，兩個月以後便回來了。那是一位極其善良而慈祥的老阿媽。世界上最善良的人啊，像我的祖母和母親一樣，從心底裡熱愛每一個無家可歸的流浪者和彷徨人生的異鄉人，把每一個從遠方來又要到遠方去的年青人

當作自己的孩子，把最樸素的微笑和眼淚毫不掩飾地表達出來。不管日子何其艱辛，在這樣的老人面前，你都會心情坦然，而且能夠輕易獲得自信和滿足。你會永遠相信，這樣的老人居住的地方就是一個溫暖的家。以後的日子

裡，我多次蒙受她的恩惠，甚至有好幾次，都是阿媽黛茜悄悄給我挑來了泉水。

小木屋下面，一個陡坡之下，居住著兩戶人家。美青年格培的家就是其一。格培的姐姐已經出嫁，育有一男一女，但她帶著一對兒女住在娘家。起初，我以為她是個被男人拋棄的女人。村裡有許多被男人拋棄的女人。她們總是帶著一張愁苦的面容，當被問及孩子的阿爸去了哪裡，她們會斬釘截鐵地說：死了。

後來，我才獲知，格佩姐姐的丈夫住在更遠處的山坡上。為了害怕失去勞動力，夫家和娘家都不願自己人到對方家裡去。

格培的妹妹卓瑪，束著一根烏黑的辮子，幹起來活來像男人一樣虎虎生風。這裡的女人哪一個不是體格強健，吃苦耐勞的呢？

挨著格培家，是一戶同樣善良的人家，男人叫三甘，女人叫金增措姆。三甘有兩個女兒和一個兒子。大女兒赤列雍措今年十四歲，是家裡的主要勞力，挑水、砍柴、放牧，都是她

一個人完成。小女兒茨仁措姆才三歲，性格開朗活潑，天性聰穎，特別招人喜愛。我常常站在校門口，俯瞰她家的屋頂，總是看見這小精靈在跳舞，聽見她在唱歌。她的歌聲嘹亮清脆，驚飛了棲息在樺樹上的烏鴉和喜鵲。兒子旺多吉，從小就被獻給了銀南寺。在他十二歲的這一年，本應去山下的印南寺削髮為僧，但是，當地政府有令：未滿十八歲者不得出家為僧。於是，他和他的家人不得不耐心等待他長到十八歲。

赤列雍措正在長大成人，她已經懂得任勞任怨，體貼別人。此後一年，她經常擠了新鮮的牛奶，給我送來，或者，給我背來冬天的柏枝和牛糞，採來春天的花束和野菜。

除此三家，環顧四周，再就沒有可以看見的人家了。山頭擋住了視線。這裡的人們彼此都住得遙遠。荒涼由此可見。我的孤獨在所難免。

2013 年 8 月 17 日 補記

　　高寒地帶，作為黃金季節的夏季相當短暫。從九月末到來年的六月初，一直都是荒草期。茂密的青草，只會停留那麼短短的三個月，而濃郁的花香，宛如一群遷徙途中的蝴蝶，只在七月中旬到八月中旬才會在戈麥高地稍事停留。馬在戈麥高地，一年當中，有三分之二的時間總是填不飽自己的肚子，再加上幾乎每天被人騎乘，或是馱運貨物，要在陡峭山路上行走好幾個小時，這使得牠們很快就拋棄自己的童真和青春，變得衰老和瘦弱，就像這裡的男人和女人。由於長年暴露在強烈的紫外線裡，牧民的臉龐打從兒童時開始，就變得黝黑。他們那康巴人特有的高聳的顴骨上，佈滿紅色的血絲。稍微上些年紀，他們的額頭上和眼角處就會長出像刀刻一樣的皺紋。經濟上的拮据和辛苦的勞作，讓他們沒有金錢和閒暇來保養自己的皮膚。尤其是女人，老得更早，也更徹底。我那小翻譯根秋澤仁的母親即是一例。他的父親可以看出是個四十歲左右的男子，但他的母親看起來卻像一個六十歲的老人。

2005 年 9 月 10 日 晴

　　上午，為孩子們上了三堂課。中午，我在廚房裡用幹樹枝點火，然後加上牛糞，做了簡陋的午餐。飯畢，我躺在校門外的草地上，曬著太陽。心頭突然湧起一陣莫名的憂傷。我知道，孤獨症開始入侵了。

　　下午課後，我去了三戶人家，拍了好幾捲照片。

　　晚飯是在村長四郎瑙乳家吃的。吃的是麵條。今天下午，村長和他的妻子以及另外三個牧民，去很遠的山溝裡割草。我看見他們每個人背著一大捆青草，從山的邊緣走過來。太陽正在落山。天邊的彩霞已有一部分變成了鉛黑色。

　　天黑了。從四郎瑙乳家走出的時候，一鉤彎月，照得山路分外清明。

2013 年 8 月 18 日 補記

　　我大概每隔一個月騎馬進一趟縣城，為的是採購蔬菜和食物，上網收發郵件，當然，還有打電話。這麼多年的城市生活，已經把我的生命編織進一張巨大而複雜的網路，我的每一個動作都會牽動這張網，而我實際上所謂的逃離都市和現代文明，也只是一廂情願。我是這張巨大的蛛網上一隻無力的蚱蜢。逃離，如何可能？即使身體在空間意義上做到了某種以位移方式呈現的逃離，但是意識和精神能否同樣做到呢？那麼多年城市生活的訊息就像岩層裡的礦脈，在意識裡累積，對於這些訊息的習慣性依賴，對於記憶那殘酷的深刻，在在使人難以擺脫世俗主義的束縛。即使在這戈麥高地，沒有電，沒有公路，也沒有通訊，但是，我仍然與城市文明藕斷絲連。每一次想要斬斷千絲

萬縷的牽扯，都是一次劇烈的疼痛。

　　隱居，作為一種心靈關照，卻不與這個世界割裂。假如基督教的修道院和佛教寺廟是為了與現實隔絕，不再反觀、凝視和介入現實的不公和苦難，那麼這是梭羅難以接受的。承接了斯多噶主義的薪火餘緒，梭羅成為非暴力不合作思想的踐行者，同時也以消極抵抗的方式，來反抗體制性的暴力。他的偉大思想孕育了聖雄甘地的非暴力不合作運動，相應了列夫·托爾斯泰「勿以暴抗暴」的號召，影響了馬丁·路德·金的民權運動，更是播下了 1960 年代美國「BEAT 一代」，「達摩流浪者精神的種子。人類已經受夠了造反、革命和戰爭的蹂躪。復仇的原始欲望如同地火，深沉地蟄伏在人類的心靈深處，稍有不慎，就會噴薄而出，毀滅人類苦心孤詣創造出來的文明。超越仇恨和暴力，人才能得以成為人，而不是野獸和惡魔，並且經由這種超越，從而將人性提升到神性的高度。抵達基督應許的天國是可能的。」

　　就像面對死亡一樣，面對一種完全隱居的生活，同樣需要勇氣。我想和梭羅一樣，在一個未遭體制性的暴力嚴重污染的地方，梳理一下自己凌亂的思緒。或者說，在這麼多年遺忘靈魂的生活中，我想找尋失落的靈魂。但我欠缺梭羅的決絕。因此，我不得不每隔一月，騎馬進城。根據村長四郎瑠乳的提議，每個學生家長輪流向我提供馬匹。這是我在戈麥高地享受的一項福利。出於牧民和學生的情誼，他們會經常給我送來一桶優酪乳。我也把這當成一項福利。除此之外，我在這裡屬於一個真正的窮人，沒有自己的房屋，沒有自己的馬和犛牛。貧窮消除人的傲慢。

　　嚴格來講，戈麥高地上的康巴[①]並不屬於純粹的遊牧族。他們半是定居，半是放牧。真正的遊牧族應該是中亞草原上的突厥人和蒙古人。『草原之路是開放的。由蒙古草原西行，可以進入準噶爾草原；再往西，便是哈薩克草原。也就是說，一條帶狀的乾燥性草原橫貫歐

---

① 康巴：在藏語中，「康」是「邊境」的意思，康巴，也就是邊境上的人。

亞大陸中部。而遊牧民族的活動空間則正好是這一條帶狀的乾燥草原。』[2]

日本的社會人類學家松原正毅在考察土耳其共和國內過著遊牧生活的突厥系統的尤爾克（Yörük）時，發現『尤爾克的牧民們年復一年過著在冬牧場 klsla（庫秀拉）、夏牧場 YaYla（雅依拉）和秋牧場 güzle（久茲列）之間的遷移遊牧生活。每年的遷移距離將近 450 公里，其中，夏牧場和冬牧場之間的海拔之差約為二千米。』

戈麥高地上的康巴只有夏牧場，沒有冬牧場。假如說他們和牲畜在冬天居住的地方可以命名的話，或許應該叫做冬營地。這裡有雙層房屋，底層是牛欄和馬廄，用石頭砌成，牛欄延展開來，佔據了很大一塊土地；頂層以半扇形建造的木頭房子，成為人們生息的所在。一條獨木梯連接著上下兩層。站在上層房屋前，可以擁有非常遼闊的視野。遠眺，是對面連綿起伏的沙魯里橫斷山脈，沒有人煙；俯瞰，順延著山坡而下，草地消失之處，就是金沙江峽谷地帶。奔流不息的金沙江蜿蜒如蟒。在冬天，金沙江清澈碧綠，宛如一條隨風飄動的絲帶。結束了夏季放牧之後，人們驅趕著犛牛群回到冬營地。冬營地的周邊夾雜著一些被開墾的小面積土地，可以種植馬鈴薯和青稞。犛牛群要在每天早晨趕上山頂，讓他們自由地嚼食枯黃的草葉，到了下午四點多鐘，人們就得爬過好幾個山頭，去尋找犛牛。我的學生當中，十二歲的赤列雍措和十四歲的格魯旺秀每天早晨上課時遲到一兩個小時，每天下午又得早退一兩個小時。他們是兩個家庭的勞動力，牧牛是他們的職責。2011 年我重返戈麥時，他倆早已輟學。

② 引自松原正毅著、賽音.朝格圖譯《遊牧世界》（民族出版社 2002 年初版 1 刷）P.225 和 P.3-4。

2005 年 9 月 11 日 晴

下午大約 6 點，我和小翻譯根秋澤仁向沖翁三郎家走去。這個家的擺設和佈局，與別的人家幾乎沒有什麼區別。進了房屋，牆壁上赫然兩幅巨大的畫像，分別是表情冷酷的毛澤東和面帶微笑的第十四世達賴喇嘛。這是一種多麼奇怪而且荒誕的並置——徹底的唯物主義者與完全的宗教徒；暴力拜物教教主和非暴力苦行僧。散落在牆壁各處的，便是西藏各大教派轉世喇嘛的畫像和照片。

沖翁三郎那活了八十六歲的祖母去世了。

經過酒精洗身，然後在屍體上堆滿鹽巴，以防腐爛。山下銀南寺的僧人要在他家念經四十九天。最老的喇嘛將札西依偎在佛堂的角落裡，靜靜地做著朵瑪①。小翻譯根秋澤仁對我說，喇嘛將札西掌管著戈麥高地上的風霜雪雨。在收割青稞的季節，每當積雨雲從遠處的山頂擠壓過來，戈麥高地上的牧民每家會出三十塊錢給喇嘛將札西。他會念經誦咒，祈求雨神不要降雨。有時，陰雨綿綿妨礙了農牧，人們也會給喇嘛將札西出錢，讓他止住降雨。

我對這種說法持有懷疑。

根據小翻譯根秋澤仁所說，尤為神奇的是喇嘛將札西的身世。他自幼無父。他的母親在一次放牧時，倦極而眠，睡在一塊巨大的石頭下面。等她醒來時，即有身孕。

這是一個西藏版的耶穌誕生記。

喇嘛將札西瘦小，先天駝背，有著孩子般天真純潔的臉。雖然那張臉佈滿皺紋，但你在他的眼睛裡看不到一絲俗世污濁的痕跡。他是那麼喜歡微笑。慈祥，寧靜，感覺他就是一位你尋覓多年的親人。

---

① 朵瑪：藏語音譯，意為「食子」，由糌粑捏成用以供神施鬼的人形食品。

2013 年 8 月 20 日 補記

　　我還沒講完馬的故事。對我來說，馬的意象構成了某種堅固的情節。它不僅僅作為古典的遊牧精神的投影，在我那易於思古的心靈上揮之不去，而且還作為一種對人類命運必然衰落的關注，使我產生強烈的悲劇意識。輕而易舉的，經過半個世紀的工業文明的侵略和殖民，馬，以及與馬相關的遊牧族，正在迅速消亡。原本可以完全自足自洽的草原文明——或者說是一種與自然和諧共存的生命形態——讓位給消耗性的生活方式。大量的牧民開始在城市周邊定居。他們原本嫻熟的謀生技能，在城市裡則一無是處，甚至成了一種累贅。那些變賣牲畜得來的錢財，很快就消耗殆盡。受排擠、被邊緣化，以至於心灰意冷，從而在酗酒和暴力中，度過每天顯得多餘的時間。

第二章

如果我歌唱
你陰影裡的
光芒

2013 年 8 月 28 日補記

我也從未想過要在攝影作品中去傳達客觀的真實。所謂客觀的真實，同樣是個騙局。一秒鐘的快門捕捉的世界無法構成二十四小時和一年三百六十五天的客觀真實。因此，我在戈麥高地拍照時，就已明確地告訴自己：擯棄客觀真實的謊言。攝影是為了關照攝影者的內心。它是十七世紀法國哲學家笛卡兒（Rene Descartes）所謂「我思故我在」的另一種關照世界與自我的方式。「我思」的意念投射於表象世界，被攝影技術固定在照片上，從而證明我的在場，證明我未曾缺席的權利。雖然我已喪失表達的自由，但我至少擁有記憶的自由。記憶是不可毀滅的。目擊，並且感念，像儲存器一樣，或者說，像膠捲一樣，保留戈麥高地上我能關注的一切，這就是我在戈麥高地的存在狀態。如今，歲月流逝，原本渴望能夠改變的世界依舊沒有變得更好，當然也沒有變得更壞，但是某種落寞、某種無奈，讓人感覺晚來蕭瑟。重新觀看這些攝於戈麥高地的照片，或許可以啟動冰層下的記憶。說吧，記憶……

直到有一天，讓記憶轉化為火焰。

2005 年 9 月 12 日 晴

　　我還在睡眠。小翻譯根秋澤仁趴在窗戶上，連聲叫著：「亞嘎老師，快起床，他們已經出發了。」

　　我匆忙穿衣。出了小木屋。陽光已經照徹整個戈麥高地。舉首遙望南山，一行字母般移動的人群，已經援山而上，快要到達埡口了。一群黑犛牛，如同軍隊的方陣，填充了天地間的那片空白。那片空白本該是白雲或鷺群的領域，但在這勞動行將啟幕的時刻，白雲和鷺群把這塊孤絕的領域讓給了黑犛牛的方陣，仿佛是授予一項理所應當的榮耀和讚美。

　　在九月，遠離村莊的莊稼地裡，馬鈴薯、蘿蔔和芜根（戈麥高地上的人把一種可以用來食用的根本植物叫做芜根）已經成熟。在這個以牧業為主的高地上，一丁點農業的田地，是對貧乏的物質生活所能提供的調劑。

　　寫到此處，窗外傳來幾聲喜鵲的叫聲。昨天下午小翻譯根秋澤仁和我逮住的那隻灰色的小野貓，正淒絕地呼喚它那遊蕩在野地裡的母親和兄弟姊妹。

　　今年並不是一個好年份。地裡的馬鈴薯長得很小，小得只有乒乓球那麼大，但是，人們絕不會因其小而捨棄。雖然田地在陡峭的山坡上，而堅硬的土地抗拒著挖掘，人們還是佝僂著腰脊，將濕土包裹或者掩埋的馬鈴薯一粒粒取出。

　　青頭蘿蔔今年長得不錯。許多人趕來，幫助桑布家收蘿蔔。女人們將蘿蔔連根拔起。男人們將蘿蔔打結，堆在犛牛背上。然後，男人們騎上馬，驅趕著三十多頭犛牛在岩崖上奔跑。

　　我注意到的細節是：美麗的姑娘貢珠，她十指插入土地，取出蘿蔔。她忍受著泥土磨礪十指的疼痛。在如許險峻的戈麥高地上，沒有

嬌貴的女人，因為嬌貴的女人在這裡是無法生存的。戈麥高地把女人塑造得和同男人一樣堅強。不過，對於女人而言，這或許是一種悲劇。

2013 年 9 月 1 日補記。

　　晨曦。大概二十多人，在雪地上默默行進。漫天細雪隨風撲打我們的臉龐。走在最前面的四郎瑙乳打著一塊白布。有些人牽著馬匹。騎馬的人是銀南寺的駝背老僧人將札西。人群中間，兩個人抬著一根椽一樣粗的木頭，木頭中間懸著一個大包。那是一位老人的屍體，用塑膠編織袋包裹著。那是沖翁三郎祖母，活了八十六歲。我到戈麥高地前不久，老人就去世了。屍體停在院子靠牆的角落裡。從銀南寺請來的僧人接力一樣，持續誦經四十九天。經過打卦占卜，星象喇嘛說，老人應該水葬。

短暫的夏天很快就過去了。一夜風雪，摧毀了草原上的姹紫嫣紅。

我在凌晨兩點多種被小翻譯根秋澤仁叫醒。在喇嘛將札西的主持下，我們做了一個複雜的儀式，然後在夜色裡出門。雪落無聲。我們一行人腳步雜遝，向著山麓走去。山麓下的幾戶人家，屋頂上剛剛升起藍色的炊煙。當第一縷陽光照在金沙江碧綠的江面上時，我們來到岸邊。燃起一堆篝火。喇嘛將札西在篝火旁念經。河谷裡，寒風勁吹。對岸的村莊醒了，有人吆喝著犛牛爬上山坡，有人騎馬走過沙灘上的薄雪。我們揭開塑膠編織袋。一具變黑發臭的老年人的屍體，瘦骨嶙峋，毛髮稀疏。我們一邊口誦六字真言，Om Ma Ni Pad Me Hum，一邊刀斧並用，剁碎了屍骨，拋向江心。

由於親身的參與，這次水葬在我的記憶裡留下恆久的記憶，卻並不震撼。讓我最感震撼的，還是 2010 年青海玉樹地震的災難過後，七千多名僧人為兩千多位亡者所做的火葬儀式。

那天早晨，霧靄混合著發自龐大廢墟的塵埃，幾乎遮蔽了海拔 4000 米的結古鎮。在晨陽普照之前，很多藏人，從結古鎮以及周邊鄉村早早起身，將親友的遺體運送到西山下的天葬台。天葬臺上，風搖便動的經幡招引了七八隻而來的禿鷲。而在對面遙遙相望的東山下，結古寺的僧人正將一具具罹難者的遺體抬上卡車。卡車經過街道時，我攀住卡車車廂。一位僧人伸手將我拉進車廂。我的腳下踩著屍體。

陽光的利劍刺穿尚未落地的塵埃。一卡車接著一卡車的屍體運送到天葬台下專門用於火葬的山谷。上千名僧人或抬或抱，將一具具屍體置放在山谷裡早已堆好的木柴和汽車廢棄輪胎上。一桶桶酥油潑上屍體。結古寺二十八歲的丹巴仁波切手持火把，點燃葬禮之火。殷紅的火焰和漆黑的濃煙蒸騰而起，接著便扶搖直上。天葬臺上的禿鷲舒展雙翼，衝入愈升愈高的濃煙，直至千米湛藍的高空翩然而舞。山谷對面的山坡上，來自一百多個寺院分屬藏傳佛

教四大教派——甯瑪巴、薩迦巴、噶舉巴和格魯巴——的七千多名僧侶，身著絳紅色袈裟，齊聲誦念四臂觀音心咒、菩薩心經和普賢行願品。而在火葬場上方的山坡上，結古寺的丹巴仁波切帶領七位僧侶舉行大日如來火供儀軌。此前曾因繪製大日如來曼陀羅而保存的彩沙，不斷被僧人撒向烈火濃煙。死者親屬默然而立，雙手合十。

曼陀羅，也就是吉祥佛國。在舉行某些法事活動時，僧人會用彩沙繪製一幅精美的曼陀羅，法事完畢，曼陀羅當即銷毀，而彩沙會被保存起來。藏人相信，曼陀羅彩沙具有殊勝的加持力。

2005 年 9 月 14 日 晴

那個眼睛紅腫不斷流淚而且臉上和脖子上佈滿癬斑的女人，今天又出現在校園裡。第一次見她時，我送她一瓶蛇脂膚膏，給她滴了眼藥水。我不能把眼藥水送給她，因為我來戈麥高地時只帶了兩瓶眼藥水。我擔心自己或別的牧民尤其是孩子們出現眼疾。昨天，三郎多吉說他眼睛有問題，我就把一瓶眼藥水給了他。

下午，我和根秋多吉、仁青彭措在校園裡打籃球。陸續有牧民騎馬到來。村長四郎瑙乳和會計阿登召集大家來開會。阿登那一頭捲曲蓬亂的頭髮剪掉了。他身上原來那件骯髒破爛的紅色夾克衫，不見了，換上了我送給他的一套藍色運動服。這使他這個單身漢顯得年輕了許多。

會場與校園僅有一牆之隔。那是一個長滿野草的小院子。四郎瑙乳和阿登表情嚴肅地向陽而坐。牧民們或坐或臥，圍成半圓。他們用藏語交談，間或有女人抗議或是爭辯著什麼。

太陽落下山頭。會議結束了。我問小翻譯根秋澤仁，這次會議討論了什麼。他說，會議討論的是關於收芫根的事情。按照祖先定下的規矩，收芫根必須統一行動，必須在夜間工作。根秋多吉沒有說出這個規矩的原因。有些人家今年沒有遵從這個傳統，已經提前在白天收了芫根，這引起了部分牧民的嚴厲抨擊。

晚上，天上沒有雲彩，月光明亮，照得山路和青草分外清晰。人們紛紛走出家門，去地裡收芫根。我從一個山頭走到另一個山頭，隨處可見牧民在勞作。他們黑色的身影有時候會與吃夜草的馬那輕微晃動的身影重疊在一起。

2005 年 9 月 16 日 晴

　　昨天下午，我跟隨阿登一家和四郎瑙乳一家去了牧場。他們全都徒步，包括十二歲的洛桑。但他們為我備了一匹馬。四郎瑙乳的妻子札西雍措是洛桑的姨娘。顯然，洛桑是個私生子。他的母親去了拉薩。四郎瑙乳入贅到札西雍措家。四郎瑙乳和札西雍措對待洛桑如同親生。在整個戈麥高地，入贅是一種普遍的婚姻現象。這是為了爭奪家庭勞動力。在離學校不遠的格佩家，格佩的姐姐和兩個孩子住在娘家，格佩的姐夫則與自己的父母住在一起。他是獨子，無法入贅。而他的一個姐姐出嫁了，等待招贅女婿的妹妹三郎措一直找不到願意和

她結婚的男人。

那是一次漫長而艱險的旅程。向著東山山頂，攀緣而上。

那是一個風景優美的牧場，背山面水。山是高山，抬頭望去，只見雲彩宛如山的圍巾，而水仍是清泉匯聚的小溪，在青草和石頭中間潺潺流淌，叮咚如歌。

牧人居住的石屋子，牆內牆外貼滿了乾牛糞。那是炊飲和取暖的燃料。在這片較為平坦的牧場上，分佈著五六戶人家。走進石屋子，便看見牛糞在土砌的爐灶裡燃燒後煙燻火燎的焦黑的屋頂。石牆下的石板床上，散亂地堆著被子和幾條羊皮褥子。

每年五月，牧民要把犛牛趕上牧場，然後每家留下一兩個人守護犛牛，擠牛奶，打酥油，直到九月，再把犛牛趕回冬營地。

夜裡，我們就住宿在牧場上。

在用石板壘成的寬約一米的牛欄圍牆上，我鋪上羊毛氈，和衣鑽進睡袋。群星點綴的寶藍色的天空，低垂四野。

我不知道是在什麼時候睡著的。夢中的星空美麗而奇幻。一顆顆流星向我飛來。為了躲避箭鏃一樣的流星，我拚命躲閃，差一點從夢中摔落牛欄。

原來是雨。天還未亮，我們就醒來。在雨中，我們把石屋裡的生活用具、酥油和優酪乳裝進皮袋，馱上犛牛的脊背。在黑暗中，在細雨中，我們渾身淋濕。高原的寒氣開始襲擊我們的肉體。大約過去了兩個小時，天才破曉。

雨水打濕了小路。我騎著馬，總是憚於這濕滑的險途。

騎馬馳上埡口。對面的沙魯里橫斷山脈上那幾座刺天的雪峰變得更加耀眼。從附近牧場趕來的上千頭犛牛從各個埡口衝向冬營地。黑潮一樣的犛牛群很快便將冬營地淹沒了。

附：片段，或是幾個需要思索的細節

A. 那個總是在吸鼻煙的男子，形容猥瑣，但很快樂。小翻譯根秋澤仁一路上都在開著他的色情玩笑。

B. 中年牧民在一起，總是相互開著帶有色情意味的玩笑。一個名叫丹朱的女人，在村長四郎璐乳家把手伸進多吉才讓的褲襠，然後嬉笑著說，他的那玩意兒硬了，而此時，多吉才讓的妻子在旁邊笑著。

C. 那個單獨看守牧場的女孩只有十四歲。她叫平江湛瑪。黝黑的面龐。膽怯的眼神，即使不被告訴我她是一個私生子，我也能從她那膽怯的眼神裡看出被遺棄的哀怨。她的母親在德格縣城當了一個小飯館的老闆娘。

2013 年 9 月 3 日 補記

假如沒有信仰……

是的，假如，在戈麥高地這樣一個物質匱乏，當然也沒有什麼娛樂可言的地方，生命中巨大的空白要用什麼來填補？現實生活中那麼多美好的願望總是無法達成。

假如沒有信仰……

假如沒有信仰許諾的一整套關於前生後世和因果報應的理論，假如沒有因信仰而生的那一整套繁複的儀式，生命的尊貴如何顯現？

2013 年 9 月 3 日 補記

我是在戈麥高地居住了半年之後，才從一位牧民嘴裡聽聞了瑜伽士的消息。那一天，我受邀在他家享用午餐。難得一見的炒馬鈴薯，難得一見的白砂糖拌優酪乳。這是一位招贅而來的男人，捲髮，有著天生的幽默。他的兒子——天才的畫家——是我的學生。

就在我喝優酪乳的時候，他望向窗外，指著山頂一處懸崖凸出的地方不知何時搭建的一間木頭小屋，對我說：「那裡面住著一位瑜伽士。」

我數次遙望過那間小木屋，外表漆成紅色。我也數次從小木屋背後的懸崖那兒一條通往牧場的小路上走過。但是，當你走在那條小路上的時候，懸崖擋住了視線，你是不會看見小木屋的。

一位瑜伽士在那個小木屋裡已經有八年時間沒有出來了。

「我可以去看望他嗎？」我問道。

「你去問問銀南寺護關的堪布①吧，」他說。

---

① 堪布（Khenpo）：原為藏傳佛教中主持授戒者之稱號，相當於漢傳佛教寺院中的方丈，其後舉凡深通經典之喇嘛，而為寺院或札倉（藏僧學習經典的學校）之主持者，皆稱堪布。

2005 年 9 月 29 日 霧

　　清晨，走出校門時望見金沙江上的白雲猶如一條蜿蜒的巨龍。回屋洗了臉的工夫，再出門時，大霧已經彌漫整個世界。簡陋的民居，馬，樹，以及一群掠過青稞地的野鴿子，全都成了隱約的事物，變得極其抽象和神秘。

　　被濃霧湮沒的小路上，傳來小學生洛桑和根嘎青措的咳嗽聲。出門人的馬鈴聲在山坡上滾落，伴隨沉重的馬蹄聲。

　　十時許，陽光驅散霧靄。大霧剛剛散盡的青稞地邊，阿佳湛瑪還沒有貼完石牆上的濕牛糞。一匹白馬翻上山崗。白馬之上，一襲紅色的袈裟，映襯著轉世喇嘛江永才讓那張年輕飽滿的臉。緊接著，一隊僧人，騎馬走過村莊。

　　一場祈福的儀式將要開始。校園裡掛滿了經幡。

　　僧人顯然受到牧民的歡迎和款待。他們享用了糌粑和拌有白砂糖的優酪乳。

2013 年 9 月 4 日補記

銀南寺就在金沙江邊。兩位年輕的轉世喇嘛——仁青巴燈和江永才讓——也是我的學生。江永才讓很快就放棄了學習漢語。他是個長著黑色方形面孔的青年，二十歲，眼睛裡總是流露一種狡黠。在我與他初次見面之後，我就感覺到，他是個內心填滿矛盾與糾結的人。佛教信仰在他的內心世界並不一定純潔而深刻。太多世俗的欲望佔據了他的心靈。只是迫於無奈，他才在這貧窮的銀南寺做著受人敬仰的轉世喇嘛——朱古[1]。在他很小的時候，就被一群來自銀南寺的僧人認證為朱古。對於普通藏人家庭來說，家中能出一位朱古，乃是莫大的榮耀。但是，隨著年齡增長，雄性荷爾蒙衝擊著江永才讓的情愫。這肯定令他焦躁不寧。

在我臨別戈麥高地的時候，有一天上午，汪布頂鄉的鄉長來到戈麥高地。他是來搜尋那些輟學兒童的。配合他的，還有副鄉長和武裝部長。

鄉長是個瘦高個兒的人。他面容黝黑，總是透一種過於嚴肅的刻板。根據縣政府一份文件指示，所有村莊小學全都撤銷，而學生則集

---

① 朱古 (spru J—sku)：藏語音譯，意為「幻化」，或「化身」。

中到鄉中心小學寄宿。當然，十八歲之前出家為僧的少年也必須離開寺院，到鄉中心小學就讀。不在少數的孩子早已是家庭的主要勞動力。他們寧願幫助父母放牧。鄉長在全體牧民的會議上宣佈，如果誰家的適齡兒童不去中心小學，將採取罰款措施。但是，他那十二歲的小兒子準備出家為僧。這迫使他不得不將兒子的戶口轉移到別的縣城。他的大兒子在縣城寄宿學校

讀書。這就夠了，他必須保證自己的信仰有一粒種子。

談完這些煩心事，鄉長說起了轉世喇嘛江永才讓。

「我們已經對他失去了崇敬，」他說。「因為他已經有了普姆①。」

2011 年 8 月，我在銀南寺見到了已經脫離少年稚氣的轉世喇嘛仁青巴燈。他那經過戒律學訓練的舉手投足的莊嚴感，讓人難以親近。他變得沉默寡言。

成群的流浪狗瘦骨嶙峋，在寺院高大的圍牆下交配和爭鬥。那位我在執教期間經常看見的盲阿奶，也不見了。我記得以前每到銀南寺，總會看見她，穿著骯髒破爛的衣服。她那穿了很多年的褲子嚴重縮水，露出她的腳踝，腳踝下趿拉一雙滿是漏洞的帆布鞋。她的頭髮剃掉了，像個老尼。她拄著一根樹枝。樹枝敲擊地面，發出篤篤之聲。一個骯髒的小女孩，大約兩歲，像一隻被捆縛的小獸，緊緊伏在她那佝僂的背脊上。她看似盲目實則準確地環繞寺院和白塔轉經。

我在愈益衰敗的銀南寺長久徘徊，與很多曾經熟悉的僧人一一見面。可是，唯獨不見轉世喇嘛江永才讓。

「他去了哪裡？」我問道。

「他結婚了，」喇嘛仁青巴燈對我說。「已經有了兩個孩子。」

我沒見到江永才讓。只是在德格縣城，仁青巴燈的哥哥——一位德格印經院資深的印經師——對我說，結婚之後，貧苦辛勞的生活已經在江永才讓的身上投下憔悴的印記。但是，他仍然值得人們尊敬，畢竟，他曾是轉世喇嘛，曾是具有神聖印記的朱古。這是仁青巴燈的哥哥在歎息與感慨之後，做出的一個總結。江永才讓那前世光明的影子透過時空的阻隔，延伸到這墮落的時代，仍然時時庇護著他，就像 1947 年之後一個印度的婆羅門②雖然已經陷入經濟的困境，但他／她仍會以自己的種姓為榮，

---

① 普姆：藏語音譯，意為女孩或是情人。

② 婆羅門（brāhmaa）：祭司貴族，主要掌握神權，占卜禍福，壟斷文化和報導農時季節，在社會中地位是最高的。

因為種姓的榮耀於他／她或是於那些較低種姓的人而言，都是融化在血液裡的勳章。但是，無論如何，戈麥高地上的人們雖然對江永才讓保有尊重，卻已放棄了信任。只不過，這種尊重，不是出自一種人道主義的諒解，而是出自宗教的迷信。我倒是為他感到一陣欣慰，畢竟，他自由地選擇了自己的人生，不像仁青巴燈，被宗教的枷鎖套在情感的火焰之上。

是的，在這墮落的時代，轉世喇嘛仁青巴燈倖免於目前的墮落。他的哥哥卻總在擔心，害怕仁青巴燈不小心重履江永才讓的覆轍。沒有比這更為恥辱的事情了，甚至整個家族都會為此蒙羞。由此看來，朱古的身份對於某些人來說，已然成為一種沉重的心理負擔，甚至是一種心靈自由的牢籠。他們年少無知，卻被占卜和神論選定。等到他們長大成人，有了自己的思考和判斷，他們卻喪失了選擇世俗生活的權力。我不相信持久的禁慾永遠不會騷擾青春期的心靈。倒是那些普通的僧人，有著更為輕鬆的人生，尤其是那些堅持閉關修行的瑜伽士。他們可以省卻人們那殷切而犀利的關切。當然，他們也無需擔當精神導師的職責。他們顯得更像一群專業人士，一群致力於探索生命本質的科學家。銀南寺閉關中心的那五位瑜伽士向我證實了這一點。

那是初冬，小翻譯根秋澤仁帶領我，來到銀南寺。閉關中心坐落在半山腰上，與一條小路相通。小路兩旁長滿了灌木。護關的堪布是一位面相圓融的中年喇嘛。他對我的到來表示歡迎。而且很快，他就明白了我的來意。作為一次特殊的例外，他打開閉關中心的大門。五年了，閉關中心的大門沒有向除我之外的第二個人打開過。我與護關的堪布是第一次見面，但是顯然，我在戈麥高地的所作所為，他已經有所瞭解。所以，一種超世俗的信任——他甚至說我前世可能是個佛教修行人——很快就建立起來。然後，我就看到五位瑜伽士站在經堂的屋簷下。閉關期間，他們必須禁語，因此，我

們只能用眼神交流。長長的、禁止清洗和梳理的頭髮披在肩上。他們的目光是那麼寧靜，所以你會覺得語言在此刻確實純屬多餘。就像英國著名歷史學家阿諾爾德·湯恩比（Arnold Joseph Toynbee）所說：悉達多·喬達摩的信徒就這樣以自我毀滅的勇氣完成了遁世主義的最高邏輯目的，從而在理性成就、道德成就和生命成就方面獲得了令人驚歎不已的超越。

2005 年 9 月 21 日 陣雨

先是雲，輕輕漂浮在金沙江上，繼而扶搖直上，湮沒了低處的幾戶人家。我像平常一樣，沿山坡而行，踩著清晨濃重的露水，開始我每天的散步。美青年格佩的母親提一隻木桶，挨個兒擠牛奶。我的學生赤列雍措和她的母親背著背篼，將犛牛在夜間拉在地上的牛糞一一撿起，裝進背篼。她們的身體被沉重的背篼壓得佝僂。她們就這樣佝僂著身體，將牛糞背到家門口，再用手一坨又一坨地貼在石牆上。這些牛糞曬乾之後，就是很好的燃料，當然，也是唯一的燃料。

有一陣子，陽光似乎驅散了濃霧。我看見

一個陌生人從遠處騎馬而來。他還另外帶著三匹馬。在靠近泉水的草地上，他卸下馬鞍和行李，神情專注地支起一頂白色的帳篷。

　　起初，我以為是戈麥高地上某個牧民趕了夜路回來，卸了馬背上的行囊和鞍韉，在泉邊飲馬呢。其時，一縷金色的陽光透過雲霧的縫隙，照耀得那陌生人和他馬匹所在的草地一片輝煌。我決定走向山坡，向那人問好。及至近前，我才漸漸看清那人的面容。他的臉很髒，頭髮蓬亂，像一個剛從戰場上潰敗下來的士兵。走得更近的時候，一隻白色小狗伏在草地上，發出低沉的吼叫。那陌生男子眼神和善，默默無言地走到狗的身邊，伸出一條胳膊攬住狗的脖子。

從那一堆行李來看，他肯定是個來自遠方的人，並且準備著要在這裡長住一段時間。可他為什麼不住進牧人的冬營地呢？在這遠離冬營地的野外，他不感到孤單嗎？

我打算接近他，可是不管我用藏語還是漢語跟他說話，他總是搖頭，不願搭腔。我心想：他可真是個怪人，可他駐紮在這兒究竟要幹什麼呢？

返回冬營地的路上，那個陌生人的形象一直佔據我的腦海。

「你知道嗎？」我對小翻譯根秋澤仁說。「泉水邊來了一個陌生人。」

「哦，他又來了！」小翻譯根秋澤仁說。「每年這個季節，他都會來這兒，我們藏族人最看不起他那樣的人，即使到了家門口，我們也不會給他一碗水喝。」說完這句話，小翻譯根秋澤仁嚴肅地警告我：「你可千萬別靠近他，他帶著槍呢。」

「那他到底是幹什麼的？」

「獵人，專門殺旱獺。我們不能跟這樣的人接觸。」

那個獵人的形象深深地吸引著我。他就像美國西部電影裡那些好勇鬥狠的角色，總是顯出一副孤獨而驕傲的樣子，但在戈麥高地的人看來，他是個「不可接觸者」，就像印度種姓制度下的賤民。

下午，一陣烏雲帶來陣雨。

祈福儀式的高潮部分在雨中進行。我穿著四郎瑙乳的紅色藏袍，和十多名男子一起，手捧朵瑪和經幡，環繞壇爐順時針而行。壇爐裡燃燒的柏枝發出陣陣濃煙。我們喊叫著：「嗚喉喉，拉嘉囉①……」女人們不能參與祈福儀式。她們只能遠遠地站著，觀望著。

---

① 拉嘉囉：藏語音譯，意為「神勝利了」。

2005 年 9 月 27 日晴

　　大概是略微感冒的緣故，我的頭腦有些昏沉。就是在這種昏沉的狀態下，我為學生堅持上完了下午的漢語課。

　　課後，我走出校園，向西南邊的山谷走去，想吹吹山風，以便自己的頭腦清醒，順便想看看那個從幾天前的大霧中騎馬而來的獵人在幹什麼。

　　山谷裡，那頂白色帳篷消失了。沒人知道，那個陌生男子是什麼時候來的，也沒人知道他去了哪裡。他的離去就像波赫士（Jorge Luis Borges）在其短篇小說《另一次死亡》裡寫到佩德羅·達米安的陣亡時所說：「他孤零零地生活，沒有妻子，沒有朋友；他愛一切，具有一切，但仿佛被遠遠地隔離在玻璃的另一邊；後來，他『死了』，他那淡淡的形象也就消失了，仿佛水消失在水中。」[1]

　　但是事實上，我們每個人不都像這草原上的陌生男子一樣嗎？不都像佩德羅·達米安一樣嗎？我們在這個世界上，出現然後消失，總是無聲無息，仿佛土歸於土，塵歸於塵。

① 引自《波赫士文集》（Jorge Luis Borges Collection of Works）（小說卷）（海南國際新聞出版中心 1996 年初版 1 刷）中王永年譯《另一次死亡》。

2013 年 9 月 5 日補記

　　閱讀這些日記，往往會激起我那甜蜜和苦澀參半的回憶。依稀之間，我又看到自己在昏暗的燭光下，躺在床上，記錄一天的所見所聞和所思所想。歲月不是催人老，而是催人失憶。假如不是這些日記，當然還有這些照片，戈麥高地上的人與事、情與景，估計很快就會被紛繁的生活瑣事和都市裡的蕪雜訊息侵蝕和吞沒，就像疏於護理的田地遭受莠草的蔓延和覆蓋。

　　毫無疑問，在我那顛沛流離的、幾乎從未風平浪靜的人生航程中，戈麥高地已然成為一個重要的航標。此前，我是那麼盲目，完全是憑著命運的慣性，向著意義晦暗的前程和死之必臨的深淵，一意孤行。我明知我那生命之船的三角帆已經開始皸裂，但是惰性——人性之熵（entropy）——使我在一團污泥般的都市生活裡掙扎、喘息。我的都市生活屬於表象性的生

活。那是一種消費主義的、僅僅眷顧肉體的生活。很多像我一樣的青年就在這種生活裡迷失了靈魂。音樂、文學和美術，本來是可以眷顧靈魂的，但是，商業化的運作和急功近利的市場競爭剝奪了藝術天然具有的這種眷顧靈魂的生活方式。出走，離開喧囂的廣場，在戈麥高地上重拾牧歌，這或許是我所能選擇的唯一一種眷顧靈魂的生活方式。

因為與一次長久的駐守有關，所以，我如今寫下的文字和我當初拍攝的照片，一直具有內在性的美學價值。這與我在戈麥高地上的生活是相一致的，因為那是一種內在性的精神生活。而我之所以紀事，以日記的形式，無非是為自己的精神生活建立一個道德和信仰的座標，用來檢測自己靈魂的深度與載力。而這些照片，摒棄了藝術上的功利主義和攝影上的矯揉造作，但又不同於人類學攝影的刻板與僵硬，因為它們與攝影者個人的生活構成血肉的聯繫和審美意志的相互印證。我珍存隱匿在這些照片中的苦寒歲月。我也珍存這些一一浮現的面孔。全球化的浪潮搖盪著世界，差異正在迅疾地消逝。從服飾到語言，人們趨向大眾化和流行化。戈麥高地上的老人和少數未受教育的年輕人，反倒以一種看似古板的保守主義，維持著自己的傳統。

如今，對於戈麥高地，我只知道，我去過，生活過，然後離開了，懷念著。古希臘哲學家赫拉克利特（Heraclitus）說：一個人不能兩次踏進同一條河流。而我經過 2011 年在戈麥高地上短暫的旅行，深深地感覺到，一個人不能兩次擁有同一種生活。六年之後，回顧自己三十歲時對於遠方的想像，對於遊牧文明的眷戀，對於擁抱孤獨的激情，對於精神世界的漫遊，等等，恍如隔世般，覺得那是人世上最好的東西，而我卻不再有勇氣去重新獲取。

2005 年 10 月 1 日 晴

　　東山上升起的太陽，剛剛為西山上的群峰增添了紅妝，我便沿山而行。從東山到南山，一路上露水晶瑩。遇見兩頭公羊在打鬥。一隻鷹從我頭頂飛過。它那尖銳的飛行撕破了空氣。遠遠的，兩人四馬在山緣那邊較為平坦的草原上出現。

　　馬鈴聲近了。我認出為首的男子，就是幾天前從濃霧裡到來的獵人。他背著長筒獵槍。在他身後，一名年齡稍大的男子騎馬跟隨。一隻明顯有著藏獒血統的黑狗躐蹤而行。

　　幾天前的那隻白狗呢？

　　他們翻越了山崗，絲毫沒有停留的樣子。他們的身影消逝在一場突然而至的大霧裡。

第三章

月亮
的陰暗面

2005 年 10 月 20 日　大風

　　我日日居住的戈麥高地上，牧草枯黃。整個草原變得一片蕭瑟。狂野的風，從一個山坡刮向另一個山坡。煤炭一樣的陰雲在天空堆壘，隨時都有可能帶來一場暴風雪。

　　晨起，霧重霜濃。清寒中，十三歲的赤列雍措把幾十頭犛牛趕上更高處的上崗。

　　山下那塊裸露的青稞地上，人們建造著新的房屋。女人用背篼背著泥和石頭，男人在砌牆。

　　中午，當我走過那片青稞地的時候，一條藏獒從青稞地的另一邊出現了。牠龐大的身軀

緩緩移動，就像一頭狗熊。我和牠幾乎同時站定，然後默默地相互凝視。最後，我向牠招招手，牠便逕直朝我走來。在牠那雙金黃色的眼睛裡，既看不到仇恨，也看不出友愛。不過，我還是把牠當做戈麥高地上一個像我一樣的流浪者。我伸出手去，試著撫摸牠的頭。牠竟然溫順地將那毛茸茸的大腦袋伸過來，讓我撫摸。

就這樣，我和這條藏獒成了朋友。

我把牠帶回校園，告訴孩子們牠是一位新同學，名字叫佳蓋。下午，佳蓋和孩子們玩得特別開心。

2005 年 10 月 21 日 大風

　　佳蓋對我越來越依戀。牠形影不離地陪伴我。我和赤列雍措去山谷裡尋找走失的犛牛時，佳蓋一直跟隨著，在陡峭的山路上奔跑。

　　有牧民告訴我，說這條藏獒曾把一個女孩的脖頸差點咬斷。可我一點兒也看不出牠會這麼兇殘。在和孩子們玩耍時，牠很溫柔，生怕撞倒他們。

　　佳蓋熱愛自由。我擔心牠會跑掉。在我離開校園去牧民家時，我關上校門，牠會輕鬆自如地躍過一段矮牆。我用石頭將那段矮牆堵上，牠又穿過教室，從窗戶裡跳出。

　　於是，我便敞開大門，任牠自由來去。

　　據說，佳蓋的主人是一個住在很遠地方的牧民。他用鐵鍊拴牠，也沒有用。牠照樣掙斷鐵鍊，遊蕩在廣闊的大草原。

　　我一直認為，佳蓋是神賜的禮物。

　　有了佳蓋的夜晚，我再也不用恐懼。

2005 年 10 月 28 日 晴

W 是前天中午到的。他從蘭州乘坐長途班車，繞過若爾蓋草原，到達德格。一位銀南寺的僧人將他帶到戈麥高地。雖是第一次見面，但我們有一些共同的朋友，因此，彼此的信任是很容易建立的。他答應，在我離開戈麥高地之後，將由他來繼任。

昨天，我送 W 下山，到了銀南寺所在的西巴村。我們在仁青巴燈的房子裡等待一輛開往德格縣城的卡車或者拖拉機。從西巴到德格，有一條沙礫鋪成的土路。這條路上鮮有汽車，如果徒步的話，大概需要十多個小時。

仁青巴燈和一位教授他佛學的老堪布住在這個房子裡。房子很陳舊，幾乎每個角落都堆滿捨不得丟棄卻永遠用不著的東西。

「亞嘎老師，我想跟你學漢語。」

原本說好銀南寺的兩位轉世喇嘛要跟我學漢語的，但他們被過多的事務纏繞。很多人家要請他們去念經。當然，從另一方面來說，這也是他們為寺院帶來收入的機會。銀南寺是個非常貧窮的寺院。壁畫在剝落，大殿在傾塌，未成年的小僧人只能在牆根或柱子底下，坐在卡墊上，面前放一個盛滿酥油茶的碗，跟著老

堪布學習經文。

一輛拖拉機經過西巴，帶走了 W。我們約好明年八月再見。

返回戈麥高地，我把仁青巴燈要來學習漢語的事情告訴了小翻譯根秋澤仁，希望他能找一匹馬去接他。

今天中午，仁青巴燈還沒有到來。我問小翻譯根秋澤仁這是怎麼回事。原來，他忘記了這件事。我只好親自去找村長四郎瑙乳，但他擺出一副未置可否的樣子。

到了下午，依舊沒人去接仁青巴燈。我只好叫上我的學生札西丹珠和根秋多吉，並讓他倆牽上家裡的馬。

2005 年 10 月 22 日雪

原本是秋草金黃的高山牧場，一夜之間，就變成了雪山。

風雪淒迷。三甘和格魯旺秀兩家正在建造的房屋不得不停工。為了保證房屋建設的速度，他們給喇嘛將札西送了一百元錢，希望他用咒語止住大雪，讓天氣轉晴。但是顯然，他沒做到。牧民大都窩在家裡。老人躲在經堂裡念經，兒童爬在氆氌上讀書，幾個女人冒著風雪，把犛牛趕上山坡。提著奶桶晨起擠奶的阿依（藏語「奶奶」），穿上了厚厚的羊皮袍子。

沖翁三郎，三甘和阿登衝進風雪，向著山下的草原踉蹌而行。他們要在山谷裡背來石板，然後在石板上刻下瑪尼經咒。經過僧人念經祈禱，這些瑪尼石將被搬上高高的瑪尼堆。這個儀式被當成沖翁三郎祖母死亡祭奠的一部分。可見，一座瑪尼堆，需要怎樣的歲月，怎樣的虔誠，需要怎樣的緬懷與追念，才能成長

得如同山峰一般雄偉壯麗。

　　中午，雪霽。我獨自沿山而上，看到更遠的雪山和更深的積雪。

　　傍晚，赤列雍措說，昨天走失的兩頭犛牛終於找到了。她說著，面露喜色。而我卻想著她在風雪彌漫的草原上艱難尋牛的情景。風會怎樣猛烈地吹向她的臉。而四郎璐乳家的六隻小犛牛卻在風雪中走丟了。

　　晚上，我在札西青措家吃飯時，一碗青稞酒將我灌醉了。

　　我是如此不勝酒力。

　　我是如此輕易傷感。

2013 年 9 月 5 日 補記

　　當之無愧地，三郎措是戈麥高地上最美的女人。第一次見她時，我以為她是回家探親的公務員。我以為她脫去了僵硬得快要失去人性的制服，換上了黑色的藏袍，並且編起數百根小辮，用瑪瑙、珊瑚和綠松石盤起在頭頂。我以為她憑藉這種方式來彰顯自己的民族認同，來表達一種血緣與文化上的歸屬感。其實，她就是一位牧女，沒上過一天學，也沒念過一本書。她的皮膚白皙細膩，顯然不曾用過任何化妝品。後來，當我們相熟，我才送她一盒美白霜。她的身高大約在一米七零以上。這使她看起來高挑，莊重，並且顯出高挺的乳房。像戈麥高地上大多數成年男女一樣，她用一小片黃金包了一顆門牙，兩個耳垂上，也戴著碩大的黃金耳環。

2005 年 11 月 X 日陰

　　冬天深了。總是烏雲密佈的鬼天氣。清晨，
會有一朵巨大的雲在念冬神山之上徘徊不去，
遮擋了太陽的光芒。大約在上午十時左右，雲
散去，溫暖的太陽開始照耀大地並且親吻我們
寒冷的肌膚。可是在下午，陰雲從群峰之上滾
滾而來，同時攜帶狂躁的大風。

　　高原的天氣就是這樣，一旦太陽被雲層遮
蔽，寒冷就會侵入人的骨肉。

　　我總是期盼天空降下一場大雪。我說過，
我喜歡雨雪。在我少年時代的故鄉，在那西北
偏北的村莊，每當雨雪來臨，我都會趴在窗臺

上，凝望雨點在水面上激起的水泡和雪花漫天飛舞的景象。

但是，戈麥高地上的大雪還未到來。

夜幕四合。我用牛糞燒火，煮了一頓沒有蔬菜的麵條，一般情況下，當麵條煮熟的時候，屋外早已漆黑一片，天空繁星璀璨。

雲不知何時又消失了。

最近幾天，寒冷擊倒了許多孩子。他們咳嗽著，兩眼無神，因而不得不回家休息。校園裡孩子的數量在減少。

我到每一個生病孩子的家裡，給他們送藥。感冒藥很快就用完了。

我必須加長體育課的課時，並且增加孩子們的訓練強度。我得讓他們盡可能出汗，以抵抗病毒和風寒的侵襲。

2005 年 11 月 12 日 陰

　　九月初，喜饒多吉開著更慶寺一個僧人在
成都購買的麵包車，帶著我，行駛了兩天一夜，
才到達德格。其後不久，喜饒多吉又去了北京。
兩個月後，他回到德格，攜帶著幾大箱的衣服、
文具和洗浴用品。這都是北京的友人捐贈的。

　　喜饒多吉開著一輛借來的麵包車，將這些
東西送到西巴村。我們用七匹馬將這些東西馱

上戈麥高地。

　　女人們領到洗浴用品，孩子們領到文具。

2005 年 12 月 X 日 陰

今天去轉山。凌晨六點，我們就出發了。如銀的月光照得大地一片潔白。沿途不斷遇見轉山的人。

植被消失之處，青灰色的沙礫一直鋪向念冬神山的山頂。山頂上有個洞窟，據說是蓮花生大士在西藏眾多修行洞中的一個。我們很難爬到山頂。參觀洞窟的渴望由於極度疲累和攀登的艱險而終於放棄。

下午五時許，我們穿過一片接一片的灌木林，下到山底，也就是金沙江的岸邊。江水青碧，潔淨如玉。禁不住誘惑，我脫光衣服，躍入刺骨寒冷的江水游泳。

在返回戈麥高地的路上，我對小翻譯根秋澤仁、茨多登和退伍軍人朵登大罵藏人的虛偽和醜陋，比如藏族男人的懶惰成性，很多人為了逃避艱辛的勞作而跑進寺院披上袈裟成為一個好逸惡勞的傢伙；比如藏人那粗糙的、從來不知改進的飲食；比如他們一面憎惡獵人，一面卻戴著由整張狐狸皮做的帽子穿著水獺皮和豹皮緄邊的袍子；比如寺院的輝煌與活佛的奢華映照著孤兒院、養老院、世俗學校和醫院的匱乏……

補記：每當我吃起沒有任何佐料的糌粑，我就以為只有我這個漢人難以下嚥，所以不得不一遍遍喝茶，以便將堵在咽喉的糌粑沖下喉嚨。其實，小翻譯根秋澤仁從昆明的教會學校被開除之後返回戈麥高地時，他也覺得每天食用的正餐——糌粑——如他所言，「就像大便一樣」。退伍軍人朵登也說，他根本就吃不下糌粑。

2013 年 9 月 7 日 補記

感覺出，仁青巴燈對我有一種依戀之情，一種弟弟對於兄長的那種建基於信任之上的依戀之情。那年他二十歲，滿腦子都是疑惑，對於戈麥高地以外的世界充滿好奇。同時，青春期的荷爾蒙使他憧憬起了愛情。他一直暗戀青梅竹馬的姑娘多吉卓瑪。多吉卓瑪比仁青巴燈年長兩歲，在成都念大學。當他在電話裡向她試探性地表白心意時，多吉卓瑪的回答饒有趣味，但又暗含某種宿命式的無奈和頗感渺茫的期望，就像一個悖論性的哲學命題。她說：「如果你不是活佛，我就愛你。」

仁青巴燈十一歲那年，銀南寺尋訪轉世靈童的僧人將他帶離德格縣城。從此，他就放棄了世俗生活。可是，愛情的種子埋在他的心靈深處。他不敢向任何人吐露秘密。轉世喇嘛的身份、寺院僧人和那些崇信佛教的牧民對他的尊重與期待，與一顆渴望愛情的心靈相互衝撞，令他焦灼。

仁青巴燈十四歲喪母，二十歲喪父，而那位一直撫養他教育他的老堪布突然有一天不辭而別。整個戈麥高地上，沒人知道老堪布去了哪裡。連我也異常驚訝，因為老堪布和我算得上是忘年的朋友。每次我到金沙江游泳，他都會把他那件珍貴的羊皮大氅借給我，讓我在出水之後溫暖身體。

親人的離世和恩師的離別，給仁青巴燈的感覺是，他被突然拋入一個無依無靠的、虛無的世界。

2005 年 12 月 X 日 陰

　我到了德格縣城。跟往常一樣，我來到一家網吧。照例，我打開郵箱，閱讀朋友們的信件，然後再打開我的攝影部落格。有人給我留言，說她曾在今年五月份到德格旅遊，之後，她回到廣州，與朋友一起捐資修建了一所學校。出於一種莫名的信任，她問我能否幫她去看看那所學校的修建情況。

　撥通她留給我的電話號碼。

　「嘿，你好，真想不到會接到你的電話。這樣的，我們捐資修建的小學離德格縣城不遠，叫八美村。我這就跟上師聯繫，讓他來找你。」

晚上，我正和阿爸丹珠一家吃晚飯。喜饒多吉在寺院裡發誓要戒酒，所以也在家，沒有像往常一樣，在外面喝酒。格勒朗加和一個皮膚黝黑的小夥子在樓下呼喚我的名字。我跑下樓梯，把他們迎到家裡。

從穿著來看，格勒郎加應該是一名普通的札巴（僧人）。他帶來的翻譯名叫仁青彭措，有著一雙大而明亮的眼睛。仁青彭措一直稱呼格勒郎加為「上師」。格勒郎加長相也算英俊，但卻處處表現出一種過於做作的、倨傲的神情。他坐在我對面，喝了一口茶，突然問起一些奇怪的問題。仁青彭措在旁邊翻譯。

「你認為……佛教是一個宗教還是多個宗教？」

「應該是……一個宗教。」

「嗯，對了……許多人認為佛教是多個宗教，這是錯誤的。」

「你最近有沒有夢見什麼？比如喇嘛……」

「沒有。不過，在我來草原之前，我父親夢見老家廳房的牆壁上滿是佛像……他是個唯物主義者，從來不信神……我妹妹也夢見過相同的景象，她也是個唯物主義者。」

格勒朗加沉吟片刻，點了點頭，對夢境沒有評價。

「你打坐嗎？」

「打啊。」

「平常打坐會延續多長時間？」

「不知道……自然地進入忘我狀態，自然從忘我狀態中醒來。我從來沒計算過時間。」

「很好……很好……你應該跟隨我修習密宗。嗯，明天，我帶你去八美村，參觀我們的學校。記住，明天，我派人來接你。」

格勒朗加和仁青彭措甫一離開，喜饒多吉就說：

「這是哪來的上師，怎麼從來沒見過？」

「啊，你們沒見過他啊！」我有些詫異地說「別人叫他上師，那應該是活佛啊。」

「他根本就不是活佛，估計是更慶寺的一個普通僧人，」阿爸丹珠說。

「那就奇怪了，」我對阿爸說。「在藏地，人們一般把活佛稱為上師或仁波切，尤其是給自己灌頂傳法的活佛，普通僧人如果人格高尚學問淵博，也可稱上師或仁波切，但格勒朗加顯然不具備上師資格，莫非他是個騙子？」

「估計是個騙子，」阿爸丹珠說。

第二天，我早早起床，吃完早餐，一直在家等待，直到中午，不見格勒朗加出現。下午，接到仁青彭措電話，說格勒朗加在他家念經，再過一天我們去八美村。我又等了一天。

第三天，仁青彭措來了，隨身帶個小札巴，說是格勒朗加的侄子。我們乘坐計程車，出城東行。半小時後，到了一處叫作八里路橋的公路邊。過橋，一條土路從山谷中蜿蜒伸出。

樹樁上拴著三匹馬，一個神情憂傷的女人守著馬。我們三人三馬，朝山谷中跑去，留下那神情憂傷的女人在後面踽踽獨行。

　　矯健的草原女騎手迎面而來，潮紅的面孔上蒙著一層薄霜。一條從山谷中流出的山澗，結成了冰，冰面上留著清晰的馬蹄印。山谷盡頭，仰頭可望的山頂上，垂下一條小徑。馬兒吃力地攀爬。很快，到達山頂，十幾戶陳舊的房屋散落各處，其間露出一座紅漆新刷的木石結構建築，白石灰粉刷過的圍牆，晃人雙眼。

這就是新建的小學校園。

　　下馬步入校園，只見許多人在陽光下走動，用蜥蜴一般警覺的眼睛打量我。我被引領著，到了二樓的一間房子，看到格勒朗加和七個僧人正在念經，室內唐卡和佛像的佈置，顯出倉促草率的痕跡。

　　格勒朗加在表演。這是直覺告訴我的。他昨天故意拖延一天，召集一些僧人來到八美村念經。

　　格勒朗加站起身，對我說，他在為捐資修建這所小學的人念誦長壽經，祈禱他們長壽。

　　中午，格勒郎嘉要求我陪他出去走走，我也因此瀏覽了山村的風光。目光越過峽谷，能夠看見對面山坡上莽莽蒼蒼的森林。他指著對面的山林，告訴我說曾經有個苦修的僧人在一個洞穴裡閉關十年。

　　格勒郎加一再強調說，為了這所學校的建設，他自己投入了一筆不菲的資金。當然，他也一再強調說，我應該去他在德格縣城的家裡做客，他會幫助我修習佛法，他會祈請菩薩時時刻刻保佑我。這顯然是個幼稚的、缺乏佛學常識的圈套。它誘惑著那些一心只為自己謀求福利的人，而大乘佛教教導人們，需要培養的不是謀求一己私利的個人主義，而是利益一切

眾生的菩提心。

「修建這所小學花費了多少錢？」我問他。

格勒朗加顯出委屈的表情。

「已經花去了七八萬，但還不夠啊，還需要兩萬元，我就自己墊了兩萬元。」

我沒再說什麼，就回到了縣城。在電話裡，我對廣州的那個女孩說：

「你們是不是被人騙了？首先，八美村離縣城很近，孩子們完全可以到縣城寄宿小學去讀書，你們捐資修建學校的錢完全可以把三十個孩子供到中學畢業；其次，整個八美村總共也就十幾戶人家，根本就沒有那麼多孩子到小學上學，所以修建這樣一所小學有些浪費；第三，我們戈麥高地的小學也是別人捐資修建的，共花去七萬元，而戈麥運高地輪條件很差，不比八美，離縣城和林場都近，所以十萬元花費估計其中有貓膩；第四，格勒朗加不是活佛，亦非高僧大德，卻以上師自居，顯然有欺詐之嫌。」

2005 年 11 月 17 日 陰

　　天氣突然變冷，我在小木屋裡生起爐火。孩子們圍坐在火爐邊，朗讀課文。根秋多吉帶著弟弟札西丹珠從屋外走入。我看見根秋多吉的衣服底下捂著一團東西。根秋多吉和札西丹珠沒有吭聲，看著我只是意味深長地笑著。孩子們停止了朗讀，和我一起看著根秋多吉。他突然抖開裝裳。

　　哇嗚，一隻可愛的小黃貓！

　　孩子們歡呼起來。小黃貓跳到床上，用兩隻前爪洗起臉來。牠可真是個愛乾淨的傢伙，而且毫不顧忌地把這裡當成了自己的家。在我剛到戈麥高地的時候，我曾在野地裡逮到過一隻小黑貓。那是一隻野貓的後代，對家居生活毫無興趣。牠總是嚮往野外，絞盡腦汁想要逃出我的小木屋。我用一根繩子拴住牠，希望這樣可以讓牠慢慢習慣和人相處，可牠毫不妥協，聲嘶力竭地呼喚著漫遊在野外的兄弟姐

妹，甚至不吃不喝，絕食抗議。後來，我鬆開繩子，放牠回歸了原野。

「這小傢伙從哪裡來的？」我問根秋多吉。

「我和弟弟昨天去牧場那邊走親戚，」根秋多吉回答說。「有一個姑娘聽說你一個人很孤單，就讓我把這隻小黃貓帶給你。」

「一個姑娘？誰呢？」

「她叫松茜。」

「松茜？」

噢，想起來了，那個鼻樑上有著細碎雀斑的姑娘。我從來沒跟她說過話，只是有一次去牧場路過她家門口時看見她站在屋頂上羞澀地笑著，還有一次是在印南寺，我看見她和別的女人一起給僧人們燒火做飯。

多好的姑娘啊！我對她心存感激。

小黃貓就在這裡安頓下來。我把牧民送我的牛奶和優酪乳留給牠，還把牧民送來的一坨豬肉也留給了牠。晚上，當我躺在床上讀書的時候，牠就蹲在我的胸口；當我在寒冷中入睡，小黃貓毛茸茸的身子在我的脅下溫暖著我。曾經橫行在天花板上的老鼠突然銷聲匿跡了。我改變了此前自言自語的習慣，開始對著小黃貓說話。

第四章

他哭泣，
是為了遠方
的什麼

2005 年 12 月 3 日

　　自十二月以來，每天下午都會有一場大風，從橫斷山系沙魯里山脈北部的金沙江峽谷地帶刮過來，仿佛一個騎士軍團，揮戈而下。冬天的衰草禁不住犛牛的踐踏和啃嚙，很快就將脆弱地表的沙石裸露出來。狂飆席捲了塵沙和鳥羽，漫過傾斜的天空。我的小木屋在狂飆中搖晃。

2005 年 12 月 5 日 晴轉陰

早晨的天氣很好。天空純潔，一如歐洲姑娘的藍眼睛。陽光乾淨，像水，足以把一顆陰暗骯髒的心靈洗得發白。

我打算要去山下的銀南寺。昨天，有人說我的學生根秋多吉和旺多吉要被送到寺院當札巴。我想看看一個人從小學生到札巴的轉變是怎樣完成的。我還要拍出這樣的兩張照片，一張是他們剃度前的照片——穿著髒兮兮的夾克衫，倚著門框，他們的背後是室內的黑暗，他們的臉上被陽光照得明亮蒼白；一張是他們剃度後的照片——穿著嶄新的絳紅色袈裟，腦袋上那捲曲的頭髮被剃掉以後，鋥亮如銅製的器皿。

但是，他們那天沒去寺院。我在山坡上徘徊。有人趕著犛牛行走在山梁上。那是阿登家的人在往牧場上搬家。我決定跟隨他們去看看冬天的牧場。

我已經學會了控制自己的呼吸，在爬山的時候，腹式呼吸，而且很快就追上了阿多一家。跟隨那些犛牛，我們翻過埡口。埡口下面是另一個人口稀疏的冬營地。穿著紅衣的松茜牽了一匹白馬，向著遠山走去。她的母親一臉骯髒，站在屋頂上張望女兒遠去的背影。

下午，風起。天陰。念冬神山的頂峰峭立在雲端，不時有白雲從山腰飄過。禿鷲不斷畫過頭頂。寒鴉數點。山澗乾涸。犛牛散向各處。石房子生起糞火，濃煙嗆人。

我們離去時，老人留了下來，看守牧場。我想，老人在夜裡肯定會被凍醒，即使身上蓋著兩件羊皮襖。

返回冬營地的路上，小翻譯根秋澤仁的父親指著一處懸崖，對我說，懸崖下面有個吊死的女孩，屍體還掛在那兒。不知道她來自這廣袤的高山牧場上哪一個冬營地。可能又是一位

未婚媽媽。可能，她的肚子裡還有一個剛剛成
形的孩子。

　　我沒有繞過大石頭到懸崖那兒去看屍體。

2005 年 12 月 9 日 晴

終於活過來了。

我強撐著虛弱的身體，走進陽光，像個大病初癒的人，但是同時，又像一個新生兒，感覺到鮮嫩的光和風，輕撫我這虛弱的身體。

從前天開始，大清早，牧民就聚集在學校裡，持誦瑪尼經咒。教室佈置成了經堂，牆上掛滿度母和護法神的唐卡。十一名僧人跏趺而坐，朗聲誦念經文。海螺號和筒號不時地吹鳴。

中午，開始進食。大家席地而坐，不能抬起臀部和雙肘，一旦抬起臀部和雙肘，將停止進食。這頓飯必須吃飽。接下來的四十二個小時之內，每個人將不吃不喝不說話，只能誦念瑪尼經咒。

飯畢，木屋裡響起一片經咒聲。不一會兒，

女人們開始唱誦，聲調高亢優美。她們每唱完一句，男人們緊跟一句。

我們必須不斷地去院子裡的氈布上叩拜等身長頭。

這是齋戒的第一天。我的體力尚能支撐。

第二天，在叩拜等身長頭時，我已感到體力逐漸不支。每次五體投地，叩完五個長頭，我就癱軟在氈布上，連站起來的力氣都沒有了。

當胃裡空蕩，人的身體便會有一種輕飄飄的感覺，似乎一隻鷹飛過，牠的翅膀帶動的微風也能將這輕飄的身體帶上天空。

此時此刻，我能擁有最為清潔的肉體和心靈。於是，我一邊念誦瑪尼經咒，一邊在心中反復祈禱：願我的親人和朋友幸福，願世界上暴力消失，和平永存，願一切有情眾生早日離苦得樂！

每次當我祈禱，心中就會升起巨大而莫名的感動，每次都想流下眼淚。

第二天晚上，嚴酷的考驗來了。

胃部那火燒一般的饑餓感消失了，代之而起的是四肢的乏力和全身的酸痛。我在床上輾轉難眠，只得捧讀一本經書。在經書的陪伴下，我暫時忘記身體的疼痛。就這樣度過了漫長的七個小時。

轉世喇嘛仁青巴燈與我同居一室。我聽到他在我對面的床鋪上同樣輾轉反側，徹夜難眠。在齋戒開始前，他曾對我說，他要經常主持這樣的齋戒，所以一聽到有人要請他去，他就感到恐懼。

第三天凌晨六點，我們喝下第一碗冰糖水，然後是酥油茶和糌粑糊。

我已經衰弱到幾乎無法步行的程度。

頭疼欲裂，因為和牧民一起高聲誦念瑪尼經咒，所以我喉嚨發炎，口腔潰瘍，食物難以下嚥。

一俟齋戒結束，我便倒頭大睡。

2006 年 2 月 18 日晴

　　冬天越來越冷。在烏雲密佈的下午，我蜷縮在被窩裡讀書。三郎多吉在教室裡上著藏語課，我聽見他領讀時雄渾的男中音和孩子們清亮的童音混合在一起。

　　寒冷的風從四面八方灌入，像嗡嗡的蜜蜂，從門縫、木格窗櫺、牆壁上木頭的接縫處，擠向我寒冷的肉體，似乎我那寒冷的肉體是含蕊的花朵吸引著蜜蜂似的寒風——我這一個月沒有洗澡的瘦身體怎麼有資格成為花朵呢——我失笑起來，為這個誇張的比喻。

　　我起身拉了拉蓋在身上的那兩床厚厚的被子，復又躺在床上，重新打開身旁的那本書，正好看到法國新小說的先鋒阿蘭‧羅伯─格里耶在其小說《狼人》中的一段文字：「他們那兇猛的三角形前端，就是說雄性老狼頭部那些半張開的嘴，現在離那匹驚馬的蹄子僅有兩米之遙了。」我一邊輕輕念著這個驚心動魄的

句子，一邊聽小翻譯根秋澤仁的絮叨。

在這個有雪的午後，他不知出於什麼原因，說話總是顯得語無倫次：

「兩米之遙！啊不，那時候是一米，哦不，據豁牙三麥說，是半米。」

「什麼半米？」我漫不經心地問。

「狼！狼啊……」

狼？是的，是狼，雪原上饑餓的狼群，受到村莊裡人間煙火和牛羊氣味的吸引，從遙遠的森林湧向村莊。

小翻譯根秋澤仁說，豁牙三麥在牧場附近那乾枯的灌木林裡伐木時，一邊哼著歌，一邊揮動砍刀。他感到口渴，轉過身子去拿羊皮酒囊。他感到自己的血液像被水泵突然抽乾了一樣，因為在他面前蹲著三隻狼。牠們定定地看著豁牙三麥，顯得那麼沉著，似乎在牠們那閃著綠光的眼睛裡，看見的正是一塊血淋淋的鮮肉和一團骯髒的毛髮，但在豁牙三麥那雙驚恐的眼睛裡，看見的卻是黑暗的地獄。

人與狼的對峙，使時間凝固。那條山澗潺潺的流水對於世事不聞不問，只是埋頭趕赴遠處的金沙江；一兩聲烏鴉的聒噪，在虛無的天空中回蕩，顯得這山谷裡狹窄的空間既寂寥又空曠。

一隻老狼喉管裡發出低沉的嘶吼，其他兩隻狼分別從左右，向豁牙三麥發起進攻。豁牙三麥揮舞手中的砍刀，向離他不遠的一間石屋子靠近。三米，兩米，一米……那間石屋子近了。豁牙三麥閃身躲入其中，撈起一根大棒，衝出石屋子，三隻狼這才搖臀轉身，倉皇逃去，牠們灰色的身條迅速沒入蒼茫的原野。

「狼太多了……今年狼太多了……」小翻譯根秋澤仁說。

我的目光仍舊停留在小說《狼人》中那個驚心動魄的句子——

「他們那兇猛的三角形前端，就是說雄性老狼頭部那些半張開的嘴，現在離那匹驚馬的蹄子僅有兩米之遙了。」

「狼都竄進村裡來了，」小翻譯根秋澤仁說。「你知道嗎，前兩天有人去德格縣城，在翻越念冬神山的埡口時，看見山脊上九隻狼一字排開，像一群強盜。」

村莊裡的犛牛受到狼群的攻擊。前天夜裡，冬營地西邊的牧場上，一隻犛牛被狼群撲殺，人們第二天在牧場上發現了血跡和骨頭。緊接著，人們又在冬營地東邊的牧場上，發現一頭種牛被狼牙撕開了臀部的皮肉。

人們等待阿公察絨從拉薩朝聖歸來。現在，只有民兵隊長阿公察絨有一支獵槍，其他人的槍支被員警搜走了。前年，狼群同樣猖獗，阿公察絨帶領青年，去追趕狼群。他們在冬天廣袤的雪原上，追蹤狼跡，三天兩夜沒有停歇，終於在夏季牧場上成功伏擊了逃遁中的狼群，打死了兩隻牡狼。

人們都在紛紛傳言，危險籠罩著村莊。於是，我決定給孩子們放假。有幾個孩子，每天上學都要翻越一道山梁。剛好那道山梁是一處無人居住之地，連接著村莊與一片牧場，狼群經常在那一帶出沒。

人們等待中的阿公察絨一直沒有回來。狼的陰影依舊籠罩冬營地的人們。小翻譯根秋澤仁建議我帶上腰刀。於是，我和這裡所有的康巴男人一樣，腰間的牛皮繩上繫著一把刀子。

一把刀子陪伴，我匹馬隻人過草原。匹馬隻人，我穿過狹長的山谷，爬上念冬神山的埡口。瑪尼堆下，我發現了狼糞。我一直警惕地環顧四周，一有風吹草動，就拔出腰刀。直到翻越了念冬神山那兜滿狂風的埡口，狼始終都沒出現。

一路上，雖然我提心吊膽，但我還是希望與狼遭遇——我已經有許多年沒見到狼了。同時，我又希望阿公察絨在這個冬天不要回來。冬天過去，狼就會自動撤回那盛滿獸肉的森林和原野。我不想看到狼的死亡。

人的繁衍如此興盛，在那些被殖民的原野，人的進據和擴張，侵佔了狼族天然世襲的領

地。毒戮於是理所應當成為強者的權利。有狼
的冬天，惟我心懷宗教，向天祈禱，願人與狼
在這片寒冷的草原，像大地一樣平安。

2006 年 3 月 5 日 晴

藏曆新年過後不久，縣城的寄宿學校和鄉中心小學都已開學。我們也在放假半月之後開學了。但是，兩周時間過去了，民辦老師三郎多吉還沒來上課。他被需要祈福的人家請去念經了。

小翻譯根秋澤仁說，往年，基本上都是五月過了之後才開學，因為三郎多吉要搬牧場，種青稞，挖蟲草。

三郎多吉不滿足於每月 185 元的工資。有一天，他讓小翻譯根秋澤仁問我，能不能給他多一點工資。我只能告訴他，那是政府的事情。我這樣一個無人發給任何報酬的志願者，只能無奈地聳聳肩膀，表示遺憾。

連著兩周，好幾名學生沒來上課。他們必須整天看守牛群。

今天早操的時候，發現學生當中不見根秋多吉的身影。我問札西丹珠：「你哥哥呢？」

「跟我阿爸去銀南寺了。」

根秋多吉終於出家去當札巴了。

中午，我走下山去，為的是想要與根秋多吉做個告別。山谷裡小溪的冰已融化。小溪兩旁的柳樹枝條上吐露出鵝黃的嫩芽。

根秋多吉混在十二個與他同齡的札巴中間，身著嶄新的袈裟，依然是那麼楚楚可憐的眼神和一臉靦腆的表情。

我一直牽掛的事情終於發生了。根秋多吉出家了，而他只有十四歲。他懵懵懂懂，對於這個世界，他根本無法分辨每一個選擇每一件事情的意義所在。他是家人的獻祭。

2006 年 3 月 6 日

在德格縣城。下午，我去了一趟更慶寺。

我在寺院裡坐了很久，想著心事。這種孤獨靜思，適宜調整心態。當我回到阿爸丹珠家的時候，阿媽雍措說：「亞嘎，你快去街上找他們，他們去喝酒了，我怕喜饒多吉喝醉了鬧事。」

我來到街上，在各個小酒館找尋找喜饒多吉。

在十字路口，我看見喜饒多吉披頭散髮地走過來，對每一個從他身邊經過的人大罵一通。他向人挑釁。沒人敢惹這個醉漢。我衝過去，扶著踉蹌的喜饒多吉。他一把推開我，粗暴而蠻橫，轉眼無情，像是根本不認識我的樣子。

我站在十字路口，不知如何是好。喜饒多吉回家了。但願他安靜地睡一覺，但願他不要跟阿爸丹珠吵架。

過了一會兒，我那從上海來的朋友 L 和西安來的朋友 H 垂頭喪氣地走過來。我看 H 還比較清醒，就問他：「你們沒打架吧？」

「好好地在喝酒，喜饒多吉突然一把掀翻桌子，就向他撲去。我好不容易才把他拉開。」

L 氣憤地說：「好心請他喝酒，居然這副德性。」

「拜託兄弟，」我無奈地搖搖頭說。「我跟你說過不要跟喜饒多吉喝酒，他逢酒必醉，醉了就鬧事，你這不是咎由自取嗎？」

「我是覺得他幫我搬運那批從上海捐來的物品辛苦，就想感謝一下人家嘛。上次跟他喝酒，還好好的，喝完酒，向我要二百塊錢，我給了……怎麼就轉眼無情了呢？」

「感謝的形式有很多種，你就不會想到給阿爸丹珠家買些蔬菜水果嗎？為什麼要喝酒呢？」

我們誰也沒說話，默默地回到賓館。

第二天一大早，我帶著 H 和 L 一起回到了戈麥高地。

校園外的山坡上看不見佳蓋的身影。小翻譯根秋澤仁說，牠的主人騎馬找遍了戈麥高地，終於在這裡發現了牠，然後，一個大城市來的狗販子出價兩千元買走了牠。

我在校園外的空地上佇立良久，回想和佳蓋在一起的那些日子。牠未來的命運會如何呢？但願牠能衝出鐵絲籠逃回草原。草原才是牠的家。

又一次，我這形隻影單的人，開始品嘗孤獨的滋味。

2013 年 9 月 10 日補記

離開戈麥高地一晃就是六年，但我一直不能忘懷根秋多吉那一雙善良卻迷茫的眼睛。他的善意就像一份特殊的禮物，珍藏在我的記憶裡。就是在更慶寺轉世靈童舉行坐床儀式的那一天，我身無分文，一個人一邊拍照，一邊遊走街頭。

「亞嘎老師——亞嘎老師——」

我聽見一個稚嫩的聲音。回首望去，只見根秋多吉氣喘吁吁地從遠處跑來。他跟隨銀南寺的僧人徒步十幾個小時來到德格縣城。我停下腳步。他跑到我身邊，掀起袈裟的一角，在貼身側兜裡摸索出一捲紙幣。他小心翼翼地從中抽出六塊錢給我。

「亞嘎老師，你去買一瓶水喝吧。」

我把錢裝回他的貼身側兜裡。

在他離去的那一刻，我望著他的背影，突然想要流淚。

另一個讓我想要流淚的人是阿爸丹珠，也就是喜饒多吉的父親。這是一位面孔黝黑發亮而且稜角分明的老人。他的個子矮小。左手大拇指在一次意外事故中被切去。由於深受慢性心臟病的困擾，他總是行動遲緩。整整一年來，我每次去德格縣城，總要住宿在阿爸丹珠家。他是個沉默寡言的人，因其沉默寡言，他就總是顯得很寧靜。與大多數藏族老人不同，他不嗜酒（而他的鄰居則是一位每晚必醉的老女人），也不轉經。直到老年，他還保持靦腆和害羞的習性。

最初，阿爸丹珠的家在城郊的半山腰上。一條傾斜度很大而且長約三百米的水泥臺階，從家門前垂掛下來，聯通了公路。這是一個典型的康巴地區藏人雙層民居。

阿爸丹珠出生於戈麥高地。他的父親是一位做生意的漢人，這使他自幼就會說漢語，當

然，漢族父親也把戈麥高地之外的見聞告訴了他。因此，在他很年輕的時候，他的心就野了。他來到德格，在軍閥、土司和貴族的輝煌全然暗淡的時代，進入共產黨的政府部門。起先，他是林業局的一名技術員。單位裡出現的第一輛拖拉機讓他開始瘋狂地迷戀機械。他改行學習駕駛技術。司機，這在 1950 年代的德格縣城該是一種多麼時尚的職業啊。再後來，他駕駛吉普車。

「人人都在巴結我，」阿爸丹珠說。「因為我後來開始給領導開車了。」

山體滑坡之後，阿爸丹珠的家成了危房。他只好搬去縣文化館的兩份小房間暫時過渡，而這一過渡就是一年，直到喜饒多吉在縣城中心購買了一套 130 多平方米 (40 多坪) 的樓房公寓。

阿爸丹珠對我感到欣慰的一點是，每次進縣城，我都會與他住在一起，雖然房子非常狹小，非常擁擠。我沒有表現出絲毫的嫌棄，因為在我心裡，我已把阿爸丹珠的家當成了自己的家，而阿爸丹珠把我當成了他的兒子。這一點我能感覺出來。只要有我在，他會一改平素的沉默，跟我侃侃而談。天長日久，阿爸丹珠對我的愛引起了喜饒多吉的妒忌。

2006 年 3 月 10 日晴

　　我從驚悸的夢中醒來。天已大亮。我穿衣走出小木屋。金色晨陽照射在雪山上。我站在寒冷的風中，默默瞭望這片廣闊的土地。我愛這片土地。第一天來到這

裡，我就把這片土地當成自己的故鄉。皈依於一種宗教般的情感，這土地給我寧靜、激情和希冀。有人抱著想像到來，然後懷著失望離開，都跟這片土地無關。如果不把心中的虛妄消除，即使在天堂也永遠不會獲得滿足。這土地，只有至純的心靈，才能獲得詩意的棲居。這土地，是生化萬類的慈母，又是掩藏群生的墳墓。

走吧，讓那些虛妄的人走吧，他們已經離不開大都市舒適的生活，離不開功名利祿。而這片土地，永遠與功利無緣。雖然物質的生活條件極端艱苦，但苦行之下，唯一成就的，是一顆謙卑的心靈。能夠留在這裡的人是有福的。

等到 H 起床的時候，我已做好了早餐。

小翻譯根秋澤仁牽來三匹馬。

吃過早飯，H 很是忙碌了一番。他收拾自

己的包裹，沒忘記把那一條從西安帶來的香煙裝進背包，也沒忘記把他帶來的一包藥品裝進背包。他什麼也沒留下，沒給 L 留下一包煙，也沒給我留下他的藥品。我冷冷地看著，心中充滿悲哀。

我們牽馬出行。H 一直用手捂著心臟部位。下到山谷，我把 H 扶上一匹馬。為了讓他騎得舒服一些，我把他的包裹全部堆到我的馬背上。我騎在高高的馬鞍上，兩腿搆不到馬鐙。L 打馬奔跑起來。我的馬也跟著跑了起來，四蹄騰空。我的耳邊傳來呼呼的風聲。H 勒緊馬勒，騎馬徐行。

突然，一隻兀鷲從路邊的一隻死狗身上撲騰著翅膀，衝向路面，緊跑幾步就張開翅膀飛走了。我的馬受到這突如其來的驚嚇，猛然停頓奔跑的四蹄。順著慣性的力量，我從馬頭上飛了出去，重重地摔在礫石路上。一顆石頭撞擊了我的腰部。

我躺在冰涼的路面上，躺了很久。

L 調轉馬頭，跳下馬，把我扶起。我忍著疼痛，拍掉身上的泥土。我沒說話，牽著馬，一瘸一拐地走向西巴。

這一天是誦經的日子，從各個牧場上來的牧民在銀南寺的經堂裡跟著眾喇嘛在念經。喜饒多吉駕駛一輛麵包車也來參加誦經儀式。

中午，喜饒多吉載著 H 離開了。汽車絕塵而去，我和 L 面面相覷。

「接下來的日子該怎麼過呢，兄弟，」我說。「我們現在身無分文了？他走的時候沒給我們留下一分錢，沒給你留下一包煙，也沒給我們留下藥品……我真的好絕望。」

「沒事的，兄弟，」L 說。「我身上還有一百塊錢，夠我們倆生活一個月的了。」

「我不是為這個絕望，我是為這個朋友絕望，他做得真差勁。」

我撐著腰，一瘸一拐地走進寺院。光線從天井照進來，打在兩排僧侶的臉上。在光線照不到的地方，坐著牧民，黑暗將他們的臉完全

吞沒。我挨著小札巴根秋多吉坐在他身旁的卡墊上，閉上眼睛，開始默念六字真言。疼痛在減弱。人們念經的聲音在我耳邊迴響，像河流的聲音，一會兒遠了，一會兒又近了。

L在經堂外曬太陽，抽煙，想心事。

念完經以後，我隨著人群走出經堂，每走一步，都要疼得呲牙咧嘴。讓我始料不及的是，拴在寺院外的馬被他們的主人騎走了。沒給我和L打聲招呼，他們就把馬騎走了，而他們剛才還看見我一瘸一拐的樣子。

我的心中升起一股悲涼。

L陪伴我，慢慢向山谷走去。一群人，戈麥高地的青年阿登和格培他們騎馬從我們身邊馳騁而過。而我撐著腰，在漸漸陡峭的山路上一瘸一拐。走不動的時候，我就躺在山坡上。L蹲在一邊，替我著急。

一大群人騎馬趕上我的時候，我已經快爬到山崗後面的那片草原了。三郎瑙乳讓我騎上他的馬。我擺了擺手，苦澀地一笑，繼續埋頭走路。汗水濕透我的衣服，涼風一吹，身上一陣冰冷。濕漉漉的衣服罩在身上，難受極了。更多的人下了馬，跟在後面。我咬著牙，一口氣爬上山坡，回到了小木屋。

我倒在床上，久久沒有起來。

接下來的半個月，我將臥床不起。L得替我給孩子們上課，還要給我做飯。我的心情沮喪到了極點，懶得走動，懶得閱讀和寫作。我躺在床上，腦中一片空白。

2006 年 3 月 25 日晴

L 也走了。我又一次陷入孤獨。

小翻譯根秋澤仁陪著我，我們徒步走下戈麥高地，來到銀南寺。金沙江邊的柳樹已經呈現一片鵝黃。

許久不見的轉世喇嘛仁青巴燈，端坐在高高的座位上，與他身邊座位較低的寺院僧人和席地而坐的牧民一起，觀賞藏戲。整齣藏戲無比冗長。拖沓的節奏，粗糙的情節，簡單的道德說教和為了堅固信仰而發表的大段演講，損傷了戲劇的美學。

小翻譯根秋澤仁帶我爬上臨近寺院的山崗。那裡有一座閉關中心。護關的堪布打開門，讓

我們進去。這是一個矮牆圍起的院子，院子正中矗立著一座誦經殿，七八個僅容一人住宿的小房間散佈在院子裡。五位年輕的瑜伽士已經閉關五年。他們不能說話，也不能梳洗頭髮。蓬亂的長髮披散在他們的肩膀上。五年了，除了護關的堪布之外，我們是他們第一次見到的人類。

我們走進閉關中心的時候，瑜伽士正在集體誦經。

誦經完畢，瑜伽士起身，與我見面。我們只能用眼神相互問候，只能用微笑表達第一次見面的喜悅。

要到今年九月，五年的閉關將會圓滿結束。到那時，他們才能走出閉關中心。但據護關的堪布說，有兩位瑜伽士在結束五年的閉關後將會繼續閉關三年。

2006 年 4 月 3 日 小雨

遷徙的大雁飛過戈麥高地。頭頂傳來陣陣雁鳴。

戈麥高地上的人們驅趕著犛牛，走向遙遠的牧場。村莊對他們而言，只是一個冬天的居留地。

雨晨。戈麥高地的山腳下傳來布穀鳥的鳴唱。我甚至覺得那鳴唱也是潮濕的，是鮮嫩的。

大批的舊衣服從全國各地寄到德格縣城。戈麥高地上的牧民不想派馬去縣城將這批舊衣服馱回戈麥高地，因為路途遙遠，而我又沒錢租車，將這批舊衣服運到西巴村，再用馬從西巴村馱到戈麥高地。

好在是，慧玲和曉晨從廣州和深圳來到德格。她倆租車，分兩批將衣服運到西巴村。我曾與戈麥高地上另一個冬營地的牧民約好上午十點在銀南寺見面。我想把一部分衣服送給他們。

我們一直等到下午四點。最後，我不得不用一箱衣服作為交換，讓西巴村的一名男子騎馬去戈麥高地，通知那裡的男人帶著馬來馱衣服。

2006 年 4 月 3 日 陣雨

　　最近，每天下午都會有兩到三次陣雨。雷聲不大，雨點很小。但在對面的橫斷山脈上，天空降下的雨水驟然遇冷變成了雪花。這使那些藍天下突兀的山峰自從去年入冬以來，一直保持著雪山的清麗，同時，也就誘惑我每天早晨都要站在校門前的空地上對之久久凝睇。

　　我也會久久凝睇金沙江對岸的山坡上一間塗成紅色的小木屋。銀南寺的一位老僧人在那裡閉關。去年的某一天，我曾在德格縣城遇見他。他說：「亞嘎老師，從我閉關的房子可以直接望見你的房子。」

　　也就是說，他經常在江邊的小木屋裡，像我一樣，駐足張望，目光越過狹長的山谷和層層山巒，遙望我日日居住的校園。

　　今天，天空的雷聲突然變了。那是一種炸裂的雷聲，並在山谷裡久久回蕩。我聽見山崗上傳來沙沙的雨聲，仿佛暗夜裡一個潛行的軍團那小心翼翼的腳步聲。

　　又是一聲驚雷。一陣狂風吹襲。陰暗的天空倒下一堆蠶豆大的冰雹。冰雹在地面上跳躍，像一群倒上甲板的魚。很快，空氣中彌漫開草葉被打爛後釋放出的苦澀的氣味。那是植物受傷的氣味。

2013 年 9 月 20 日補記

　　在離別戈麥高地的前兩天，我向阿媽黛西告別。這是一位面容悲苦的女人，有著高大的身材。即使年逾七十，她還承擔種地和磨青稞這樣繁重的體力勞動。每次看她忙碌的身影，我總會不由自主地想起我的祖母史蓮生。她在關照生命方面有一種來自非宗教的道德感。無論是一隻折翅的小鳥，還是一個流浪漢，她都一視同仁，給予必要的幫助。

　　有一年冬天，一個大約十八九歲的裸體男子來到村莊。人們給他穿上衣服，過不多久，他就將身上的衣服撕扯掉，重又裸體行走。顯然，他是個精神分裂症患者。從口音判斷，他可能是個回族青年。黃昏的時候，西風狂吹，天空陰暗，像要下雪的樣子。祖母將回族青年領到家裡，為他穿上祖父的棉襖和棉褲。我們一起吃飯。他和祖父睡在廂房裡的大炕上。祖母將炕填燒得很溫暖。炕是中國西部一種很奇怪的

東西。它由土坯做成，中間砌出迂迴曲折的通道，以便熱氣擴散遍及全炕。晚餐時，那長相俊美的回族青年吃了三大碗祖母做的麵條。用餐後，他倒頭大睡。翌日清晨，他起身。在他就寢的羊毛氈上，留下一灘巨大的尿跡。看到尿跡，他是那麼窘迫，甚至羞紅了臉頰。我祖母為他裝上乾糧，叮囑他早日回家。他恭恭敬敬地應承著，向我祖母依依惜別。

那回族青年依依惜別的情景，與我在戈麥高地的告別有什麼區別？

阿媽黛西的家距離校園不遠。只要順著一條羊腸小徑，爬上一個小山坡，就能到他家裡去。她的大女兒早在幾年前就搬去了德格縣城。有一次，我看見她的大女兒在清理各個餐館的垃圾。她的二女兒清明湛瑪在縣城的一家賓館當清潔工。

聽聞我將要離開，阿媽黛西抓著我的手，眼眶裡噙滿淚水。我安慰說：「阿媽，我會來看望你的。」

「等你再來的時候，」阿媽黛西說。「我就死了。」

2011 年夏天，當我重返戈麥高地時，我沒見到阿媽黛西。而我那活了九十歲的祖母三年前去世了。那年離開戈麥高地以後，我回到睽違已久的故鄉。在高大的杏樹下面，我的祖母席地而坐在門前的土路上。熟透了的杏子被風吹落。我走近祖母身邊，跪下身子。她已喪失

視力。憑著殘弱的聽力和以手相握時的觸感，她熱情地對我說：

「孩子，你這是要去哪裡呀。走了這麼遠的路，你該是很累了吧，請到我家歇歇腳吧……」

我熱淚橫流，就像在戈麥高地上與阿媽黛西告別時一樣，就像在德格縣城與阿爸丹珠告別時一樣。我那可憐的老祖母把我當成了一個旅途中的異鄉人，但她就像愛惜自己的孩子一樣，愛惜這個被他當成異鄉人的孫子。撇開族別和語言的差異，我驚奇地發現，不管是在戈麥高地，還是在我那貧窮破敗的故鄉，距離如此遙遠，有一種東西卻是共同的，那就是老一代人對於每一個生命的關愛。這種關愛是超功利的，且又極其堅固，堅固到可以經受一次次政治與戰爭的摧殘。但是，隨著阿媽黛西、阿爸丹珠和我祖母史蓮生那一代人的離世，農牧生活中傳統的美德隨之消失，那種無私的關愛，已經不復存在於喜馬拉雅山以南這片廣闊的土地。

2006 年 4 月 7 日晴

　　徒步九個小時，我從戈麥高地來到德格縣城。

　　我到了阿爸丹珠家，只見根秋清措一個人伏在床沿上寫作業。

　　「你阿爺去哪兒了？」我問道。

　　「阿爺病了，在醫院裡，阿奶陪著。」

　　阿爸丹珠怎麼會生病呢？嚴重嗎？

　　我擔心起來，讓根秋清措帶著我。我們一路小跑，到了醫院。

　　阿爸丹珠的精神狀況很差。他躺在病床上，嘴唇乾燥，眼睛裡沒有一絲光彩。當我推門而入時，他抬起頭，看著我，一絲微笑浮上他的嘴角。我坐在床沿上，不知道說什麼好。我緊緊抓著他的手。他的手那麼虛弱，幾乎像被抽去了所有的力氣。一場突如其來的疾病，幾乎要了阿爸丹珠的生命。

　　「昨天晚上我夢見了你，」阿爸丹珠說。

　　「你從草原上騎著一匹白馬來到縣城。你看，果然來了。」

　　我的眼睛發酸，喉嚨收緊，說不出話來。在這飄泊異鄉的地方，我貧窮孤獨，只有阿爸丹珠把我當成他的兒子。我在他家能吃上新鮮蔬菜，喝上香甜的酥油茶，有一個屬於我的地鋪讓我度過夜晚。在戈麥高地，每一次想到阿爸丹珠，我的心中就會湧起一陣暖流。他慈祥的目光，他稜角分明的臉，他說話時溫厚的語氣，都讓我銘記在心。我是這高原老人阿爸丹珠的養子，在日漸熟稔之後，有種血脈相連的親情在心中滋生。

2006 年 4 月 27 日

雨季過後，每日晴空萬里，陽光明媚。

我策馬徐行。迂迴百轉的山道上，野花點點。

夜宿在牧民的石房子裡。石房子陰暗、潮濕，石板床上鋪著凌亂的乾草、棉被和羊毛氈。

天一黑，人們就上床睡覺。阿公察絨吹熄蠟燭，小洛桑和阿媽瓊吉擠在一起。

夜半，狂野的風撕破窗戶上的塑膠紙，寒氣像水一樣灌進來。我被凍醒了，一直咳嗽不止。我盯著窗戶，看它逐漸變白，變亮，一絲天光漏入。在天亮前的那一會兒，我又睡著了。

阿媽瓊吉燒起的灶火冒出濃濃炊煙在石房子裡瀰漫。濃煙把我嗆醒了。

我起了床，走出石房子。星星點點的雪花在牧場上飄揚。

各家各戶的牧民把牛羊趕上山崗。

雪越下越大。

我挎著相機到處拍照。半山腰上，三歲的茨仁措姆在屋頂上玩耍，她指著懸崖上棲息的一隻兀鷲，興奮地叫我快看。她的身後，雪花扯起的帷幔模糊了天地。

草地濕潤。一堆突兀的瑪尼石旁邊，雍旃在跳繩。她咯咯咯咯地笑著，引得一隻羊子凝神觀望。

我把那些沒去鄉中心小學的孩子們聚攏在一個石房子裡。

石房子裡，阿公察絨偎在羊皮襖上吸鼻煙。他的上嘴唇沾了一層淺黃色的煙灰。阿媽瓊吉打著酥油。柴火和牛糞在爐灶裡嗶剝作響。孩子們從各個石房子裡出來，穿過雪幕，說笑著，匆匆到來。

只有九個孩子。我開始給孩子們上課。琅琅讀書聲在這大雪中的草原上分外嘹亮。

2006 年 5 月 7 日晴

挖蟲草的季節結束了。往年，戈麥高地上的人們會騎著馬，走上兩三天，在一個名叫巴沃的草原上去挖蟲草。但是今年，傳來的消息說，巴沃本地的牧民武裝了槍支，準備將每一個要在巴沃草原上挖蟲草的異鄉人打死。我在德格縣城也見到政府勸阻人們前往巴沃的公告。

在瑪尼干戈和江達等地打工並且度過一個春天的人們陸續回到戈麥高地。孩子們也從牧場上撤回冬營地。我開始上課。

前天早晨，我在清點人數時，發現清明湛瑪沒來上課。我問小翻譯根秋澤仁：「清明湛瑪去了哪裡？」

「她的小姨生孩子了，」小翻譯根秋澤仁說。「她得接替小姨看守牧場。」

「你是說甘秋絨姆生孩子了？」我驚訝地問。「她不是還沒結婚嗎？」

小翻譯根秋澤仁詭異地笑了。

「沒結婚也可以生小孩啊。我們這裡很普遍的。」

通過小翻譯根秋澤仁的講述，我才獲知，十天前的一個夜晚，甘秋絨姆生下一個男嬰。生孩子的那天，她一如既往地趕著犛牛，一如既往地在很高高的山頂上挖蟲草。那可真是一副壯實如牛的好身體啊！她那寬大的藏袍遮住腰身，幾乎沒有一個人看到她懷孕的跡象。

「小孩的阿爸是誰？」我問。

小翻譯根秋澤仁和民辦老師三郎多吉臉上露出詭秘的神情。最後，他們還是告訴了我：「小孩的阿爸是格佩。」

美青年格佩！

去年冬天，我曾和他一起騎馬去了德格縣城。他說他要去拉薩打工。後來，我才知道他去了青海玉樹。他的一個姐姐嫁到了那裡。如

此說來，去年冬天，格佩就已經知道甘秋絨姆懷孕的事實，但他選擇了逃避。而他的家人顯然與他取得了一致意見，對於那個私生子，他們拒絕承認那是格佩的孩子。

於是，我也就明白了，我的學生娜姆、絨姆、洛桑、清明湛瑪……他們都有著一出生就不被父親承認的命運。

為了那個不被父親承認的孩子，我特意去了一趟夏牧場。

甘秋絨姆已經開始勞動了。在那小小的石頭房子裡，她生起灶火，為我做飯。那小小的嬰兒包裹在一塊羊皮裡，靜靜地躺在石板床上，睡得正香。滿屋子瀰漫著嗆人的濃煙。

我決定去一趟縣城，為孩子買一些衣服和尿布。

2006 年 6 月 5 日

　　六月就是雨季。淅淅瀝瀝的雨聲響了一
夜。我在戈麥高地這間簡陋的木板房子裡，居
住了將近一年。我已經諳熟草原上四季的節律
和夜晚的寂靜。熟悉，一種肉體和靈魂被陌生
的時間緩慢醃漬的過程，同時也意味著，時間
是抵擋一個人在蠻荒之地本能恐懼的唯一方
式。

　　我記得初臨戈麥高地時，第一個夜晚的恐
懼。徹夜難眠。唯有寂靜讓人徹夜難眠。在我
床頭，蒙著一層粗製白布的木格窗戶只有一扇
木板可以推合，而那木門同樣只能推合，沒有
鎖和門閂。這裡的人們分散居住在各個山坡，
因此很難形成農業區那種稠密擁擠的村莊。況
且，每年四月，一部分人要和氂牛一起搬去夏

牧場。

　　夏牧場海拔 4500 多米。從戈麥高地到夏牧場，單程徒步需要三個多小時。戈麥，官方正式譯名「各麥」，藏語的意思是牛皮剝開後下半截牛皮的形狀。沒有另外的詞語能夠如此簡潔而又準確地描摹這片傾斜的高地了。在海拔 4000 米的高度上，這張被剝開牛皮的下半截牛皮鋪展開來，直抵金沙江那種植著少許青稞的岸邊，落差竟達千米。腳程一個多小時，就能下到山麓。那裡有一個小小的村莊，名叫西巴，隸屬於四川省甘孜藏族自治州德格縣汪布頂鄉。村裡有座貧窮破落的薩迦巴寺院——銀南寺，常駐僧人九十七名。

　　有天早晨，雨停了。空氣變得非常潮濕。清晨起床之後，我看見整個戈麥高地大霧瀰漫。一隻兔鼠在離我很近的草叢裡半蹲著。他那警惕的眼睛與我對視。站在校門外的空地上，目力所及，只有四戶人家，在翻滾的霧濤中隱隱露出平坦的方形屋頂，以及屋頂四角豎起的塔覺①和被風吹動的隆達②。牛蹄和馬蹄踩踏而成的蜿蜒小徑，從四戶人家的門口伸進濃霧，通向校園、牧場和山下的西巴。

　　大霧深處，傳來一陣馬鈴聲。我循著馬鈴聲，沿一條稍微平坦的小徑，經過一眼泉水，向著草原走去。

　　霧在消散。從夏牧場趕來上學的孩子們此刻正在路上。他們的帆布球鞋想必又被草尖上的露水打濕。他們雖然年齡尚小，但他們早已是馬背上矯健的騎手和山路上徒步旅行的行家。他們的騎術和腳力，常常讓我欽佩不已，並且自歎弗如。

　　我一邊想著孩子們，一邊走向小徑盡頭。小徑消失之處，一片平坦的草原豁然出現。這是一塊平直伸展出去的草原，外緣密佈由絹毛薔薇組成的灌木林。野花盛開。罌粟蓮、點地梅、金銀花和野杜鵑到處都是。微風吹送陣陣花香。一匹馬在靜靜地吃草。一條長長的絆繩拴在馬的左前腿上。這是一匹白馬，長長的鬃

---

① 塔覺：西藏民居在屋頂的女兒牆腳慣於插上一根竿子，上面掛有藍、白、紅、黃、綠五色布條做成的幡，藏語叫做「塔覺」。
② 隆達：藏語音譯，直譯為「風馬」，是一種印有經文和動物圖像的紙片和布片，主要用來獻祭山神。

鬃披散在脖頸上。馬的尾巴用彩繩編成扇形。
這是戈麥高地上的特色之一。表明這裡的人們
對馬的偏愛。毋庸置疑，草原是馬的故鄉。

2006 年 6 月 14 日 晴

　　好友 L 曾從上海趕來，說好了陪我直到執教結束，但他在一個月後還是離開了戈麥高地。

　　另一個朋友 H 從西安趕來，發誓說他一定會跟我一起，直到支教結束。但他只待了一周，就謊稱心臟病發作，也走了。

　　戈麥高地闃寂而落寞，整天看不到一個人影，人們一部分去牧場看護牛羊，一部分去深山裡挖蟲草。孩子們也走了，跟隨大人要麼去了夏牧場，要麼去挖蟲草。只有我，留在冬營地，形隻影單。戈麥高地成了真正的流放地，畫地為牢的流放地。我埋首讀書，與聖賢哲人日日面對。偶爾步出校園，漫步山崗，坐看沙魯里橫斷山脈，雲朵生起。雲的下面，鷹揚鵲翻，一隻喜鵲追逐蒼鷹搏擊長空，鷹的威儀反襯出喜鵲的拙笨。山坡上的旱獺瘋狂交配。草原上，布穀鳥歡快地鳴叫，似乎牠們的愛情從來不需要憂傷和眼淚。

　　我每天都要站在校門外，久久凝望山腳下的大草原，盼望有人來到戈麥高地。終於，一天黃昏，雨雲在天空堆積得太久以後，細雨開始飄落，山腳下的草原上有人騎馬而來。三人三馬，面目不清。我像荒島上的魯濱遜望見遠航的帆船一樣，興奮地揮手，尖叫。

　　三人三馬，逐漸近了，原來是鄉政府的三名幹部——副鄉長，武裝部長和一個辦事員。以前我跟隨牧民修路時見過他們。為了防止狼的襲擊，副鄉長背著一支小口徑步槍。

　　看到他們，我非常失望。

　　他們在校門前下馬，從馬背上扛下一大袋米、肉和蔬菜，開始在我的廚房裡做飯。他們吃不慣牧民那粗陋的飲食，每次進草原都要自帶食物。

　　副鄉長是個漢人，家在康定，時刻準備著

撒離這對他而言猶如流放地一樣的「鬼地方」。

他把小口徑步槍從肩上取下。

「你們這可是今年第一次來戈麥，」我問

副鄉長。「來幹嗎？」

肥胖的副縣長把獵槍靠在牆角，一邊詛咒難走的山路和惡劣的天氣，一邊抱怨起來：

「來開會，要求牧民把孩子送到鄉中心小學去，這是縣政府的命令。」

「是不是要撤銷戈麥小學？」我有些擔心地問。

「是啊，鄉中心小學都沒學生了，」副校長漫不經心地說。

武裝部長是個三十多歲的藏族男子，退伍軍人，目前正在疏通關係，想要調進德格縣政府任職。他也是我在多年的藏地旅行中見過的第一個毛澤東的崇拜者。

「毛主席是神，」他這樣對我說。

他的左腮長著一顆黑痣，這使他看上去很淫褻。他倒了一碗白酒，一口喝乾，開始大罵戈麥高地的偏僻。

「這他媽什麼鬼不下蛋的地方，要我他媽在這裡生活三天我他媽非瘋了不可，沒有女人，沒有女人，哪怎麼行……嗨，亞嘎老師，我可是打心眼裡佩服你，你一個人居然在這裡待了一年，我真的不能想像你是怎麼度過這一年的，沒有酒，沒有女人，男人那玩意兒會朽掉的……」

他露出淫邪的笑容，用一種詭秘的語氣接

著說。「實話告訴我們，你有沒有跟村裡的姑娘搞過？哈哈哈，你肯定搞過，這些草原姑娘很爽吧。」

「實話告訴你們，我可不像你們那樣下流。」

「嘿嘿，佩服！哎，你這一年當老師工資應該很高吧？」

「我沒有工資，是義務的。」

「啊，沒有工資！這個世界，需要這個……」民兵隊長用手指做了一個數鈔票的動作，繼續說。「錢啊，錢能壓死人……我他媽為什麼就不是比爾蓋茲的兒子呢。一個月才兩千塊錢的工資，我他媽就在這鬼不下蛋的鄉政府待著，虧啊……」

他們吃完飯，留下杯盤狼藉的場面，去村長三郎瑙乳家睡覺。

傍晚時分，鄉長來了。他是個黑瘦的高個子男人，說話實誠，一點沒有沾染民兵隊長和副鄉長那樣的流氓習氣，像個老實巴交的牧民。他在火爐邊默默吃完殘羹剩飯。

「鄉長，聽說縣政府有令，要撤銷所有的村小學？」

「是啊，我這次來，就是為這個，明天要召集牧民開會，誰要是不把孩子送到鄉中心小學去，就罰款。」

第二天，會議開過以後，牧民們紛紛帶著孩子去鄉中心小學報到，那些十歲以下的孩子，則跟著父母去了牧場。戈麥小學一下子就空了。

2006 年 8 月 6 日 晴

　　這是我在戈麥高地的最後一夜。

　　夜已深沉，我在校園外的山坡上獨自佇立，淚水無聲地流淌著。

　　我要離開這裡了，也許是永別，將不再回來。戈麥高地，在這短短一年中，我經歷了平生最極端的體驗——孤獨、寂寞和愛。我在這孤獨、寂寞和愛中肉體成禪。明天，是我離開的日子，而今夜，我卻想到了死亡。生命或許

應該到此為止。我已活過，極致之生，應如流星，而接下來的人生，也許只有灰暗。

讓我繼續上路吧，我只是需要一次休憩，而人類詩意的棲居之地，依然在遠方，在路上。哦，我是如此年輕，內心卻裝滿滄桑，但是，別讓我停下雙腳。

漫長的夜啊……

我躺在四郎瑠乳家的床上，徹夜難眠。去年九月，我就躺在這張床上，一年之後，同樣是從窗戶漏入的藍色天光，把這小小的屋子映照得宛如一片藍色海洋。萬籟俱寂的夜。屋頂上，老鼠在夢囈，一億顆星星在談情說愛，而我，眼含淚水。眷戀之情使我傷心欲絕。

又一次離開，我所熱愛的戈麥高地，又一次，我成了一個無家可歸的人。在這荒涼的世界上，我兩手空空，沒有情人，沒有故鄉，沒有家園。

天亮了。我起床，走出四郎瑠乳的家，走過露水濃重的草地，走進校園。我生起爐火，

開始燒開水，做早餐。趕早的牧民騎馬從牧場上走來。

孩子們把小臉洗得乾乾淨淨，衣服穿得整整齊齊。

我曾說過，我會悄悄離開，無需任何儀式，而我要離開的消息不脛而走，從一個牧場到另一個牧場。這消息像風信子，很快就傳遍了草原。

馬背馱上我的行李。孩子們手捧哈達，挨次獻上我的脖子。我挨次捧起孩子的臉，與他/她額頭相碰，然後親親他/她的前額。

有人在哭泣，是戈麥高地上那些善良的女人。風中盡是她們哭紅的眼睛。

騎馬上路，不忍回頭再看一眼山坡上守望的孩子們，我害怕自己的眼淚會落下來。

草原上，趕來送行的騎手組成浩蕩的馬隊。打馬狂奔，馬背之上，激盪的心情適宜馳騁和嘯吟。

最後一次回眸，遙望漸去漸遠的戈麥高地。

2013 年 9 月 30 日補記

又一次騎馬走在前往戈麥高地的小路上。從德格縣城返回的丹多追上我們。天很快就黑了。距離戈麥高地還有三四個小時的腳程。我們不得不停駐在這片四面環山的夏季牧場上。今夜，我和妻子實在不知該去哪裡投宿。小翻譯根秋澤仁去了昌都。如今，他是一名畫師，跟隨美青年格佩給藏族人家的房屋牆壁和傢俱上描繪那些深具宗教意味的吉祥圖案。在丹多並不是非常熱情的邀請下，我們去了他家牧場上的石頭小屋。

丹多是個長相一般的男子，個兒不高，面龐扁平，黑色的頭髮有些捲曲。2006 年夏天在我臨別戈麥高地時，一場送別的舞會上，丹多和眾多男女跳起了鍋莊①。他脫下那髒汙的、變了形的夾克衫，穿上紅色的藏袍和一雙帶有花紋飾邊的紅色馬靴，展現出極其優美而灑脫的舞姿。毫無疑問，他是那一天最帥的男子。

在戈麥高地的時候，我就以為他和一對姐妹生活在一起。他的弟弟丹珠跟他妻子的姐姐惠達未婚先孕，生下了娜姆。這是個天資聰穎的女孩。在課堂上，她總是表現出超乎常人的領悟力。她的親生父親丹珠像其他不負責任的男子一樣，選擇了逃避。丹珠長年在外打工，難得在戈麥高地見到他。這樣一來，丹多就像父親一樣，撫養著娜姆。他對娜姆的愛與他對自己兩個兒子的愛，在我看來幾乎沒有區別。這就使得我在很長一段時間裡，都沒察覺到娜姆和班裡另外十個孩子一樣，其實都是一次絕望愛情的結晶。

整個戈麥高地上，幾乎每個家庭之間都有錯綜複雜的血緣關係。我曾在小翻譯根秋澤仁的協助下，企圖釐清他家的血緣關係網，最後卻以失敗告終。

這一次，我和妻子就住在丹多家在夏牧場

---

① 鍋莊：藏族的民間舞蹈，在節日或閒暇時跳，男女團成圓圈，自右而左，邊歌邊舞。

的石屋子裡。用過晚餐，我們準備就寢。靠近爐灶的那張石板床，留給了我和妻子，而靠近窗戶的那張石板床則留給了丹多和他的妻子娜卓。很顯然，在平時，我和妻子的這張石板床是給惠達的。我因此覺得很尷尬，仿佛在無意間發現了別人的秘密。惠達顯得很慷慨。她抱著被褥，鋪在石房子外面一塊遮有雨布的空地上。

就著昏暗的燈光，丹多和娜卓在他們窄窄的石板床上做起了禮拜。在他們面前，既無釋迦牟尼的畫像，也無度母的唐卡。如今，我明顯感覺到，戈麥高地上的人們變了。他們變得對自己的信仰更加虔誠，也更加隱秘。

夜裡，下起了一陣雨。風的呼嘯將我從疲倦中驚醒。我聽見石房子外面傳來惠達的咳嗽聲。我時睡時醒。惠達的咳嗽聲響了一夜。

2013 年 9 月 27 日補記

2006 年 8 月，在離開德格的前夜，我向阿爸丹珠告別。按照藏人傳統的禮節，我們以額頭相碰。他第一次顯得很衝動，並且輕輕地擁抱了我。這種親昵的舉動，不曾在我和我父親之間發生過，我也沒見到他和他的兒子喜饒多吉有過這樣的擁抱。我在阿爸丹珠的眼睛裡看到了閃爍的淚花。

一年之後的某一天，我在北京的地鐵裡，有人給我打來電話。這個人不是喜饒多吉，而是接任我在戈麥高地義務執教的 W。他說，阿爸丹珠因病去世了。而此時，W 已經離開戈麥高地，與 X 相戀並生活在一起。我不知道他們兩人和喜饒多吉之間發生了什麼。我只知道，戈麥小學被撤銷了，有幾個孩子徹底放棄了學業，跟隨父母放牧，還有幾個孩子被 W 和 X 帶到雲南某地他倆自辦的一個職業培訓中心，另外的孩子全都進了鄉中心小學。他們不得不成

為寄宿生。民辦老師三郎多吉被調至鄉中心小學任教。

　　戈麥小學撤銷了，也就是說，戈麥小學成了歷史。不會再有一個漢人像我一樣，能以義務執教的身份，在戈麥高地生活一年了。

　　而阿巴丹珠，對我卻是一種傷痛的懷念。如果他活著，我就可以理直氣壯地告訴自己，在德格，我還有一個家，即使喜饒多吉對我有多少成見和不滿，只要阿爸丹珠還活著，我就可以毫不膽怯地在他家住宿。但是，他去世了。

　　2011 年 8 月的一天黃昏，當我重返德格行走在縣城的大街上時，我只覺得陣陣淒涼，像個回到故鄉卻無家可歸的浪子。

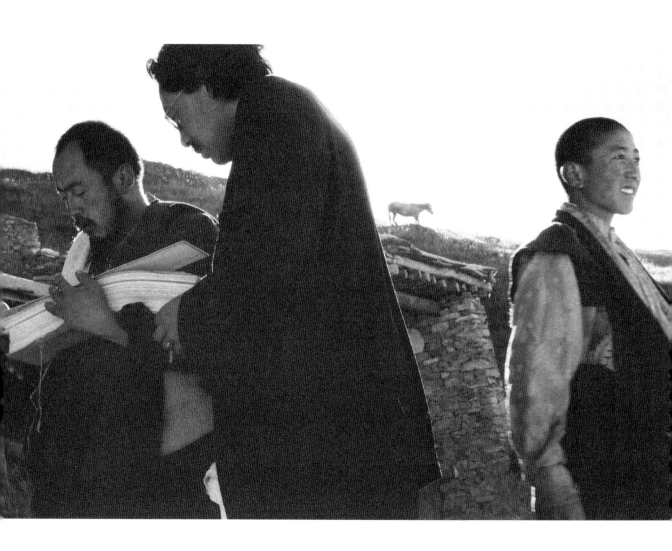

戈麥高地記憶的眼睛

作　者 柴春芽
責　編 韓秀玫
封面設計 徐靖翔
美術排版 徐靖翔
出　版 遠足文化事業股份有限公司
社　長 郭重興
總 編 輯 韓秀玫
發行人兼
出版總監 曾大福
發　行 遠足文化事業股份有限公司
電話｜ 02-22181417
傳真｜ 02-86671891
客服專線｜ 0800-221-029
E-Mail｜ service@sinobooks.com.tw
官方網站｜ http://www.bookrep.com.tw
法律顧問｜華洋國際專利商標事務所 蘇文生律師
印　刷 中原造像股份有限公司
初　版 2017 年 10 月

定價 360 元
ISBN　978-986-95006-9-2 （平裝）

國家圖書館出版品預行編目 (CIP) 資料

戈麥高地記憶的眼睛 / 柴春芽著 . -- 初版 . -- 新北市
: 遠足文化 , 2017.10
　　面；　公分
ISBN 978-986-95006-9-2(平裝)

　　　　855　　　　106014067